PAUL SOUDAY

PAUL VALÉRY

Troisième édition

« LES DOCUMENTAIRES »
SIMON KRA, 6, RUE BLANCHE, PARIS

PAUL VALÉRY

PAUL SOUDAY

PAUL VALÉRY

Troisième édition

« LES DOCUMENTAIRES »

SIMON KRA, 6, RUE BLANCHE, PARIS

IL A ÉTÉ TIRÉ DE CET OUVRAGE

15 exemplaires sur Hollande, numérotés de 1 à 15.
30 exemplaires sur Pur fil, numérotés de 16 à 45.
300 exemplaires sur Vélin, numérotés de 46 à 345.
Le tout constituant l'édition originale.

Il a été tiré spécialement pour
M. Ronald Davis
6 exemplaires sur Japon impérial, numérotés de I à VI.

I

LA JEUNE PARQUE

M. Paul Valéry est un de ces poètes comme il y en a eu quelques-uns à notre époque, qui écrivent peu, publient encore moins et cachent avec soin leur vie, mais ne montrent guère davantage leur pensée. On sait que les poésies de Mallarmé et pareillement les sonnets de Hérédia, ces derniers si bien faits cependant pour le grand jour, restèrent longtemps inédits ou pratiquement introuvables. M. Paul Claudel, si fécond par nature, ne s'est décidé qu'assez récemment à mettre la plupart de ses œuvres dans le commerce courant. Et l'on pourrait citer d'autres cas analogues. Il est possible que chez certains de ces auteurs, il y ait là une espèce de coquetterie, de manège habile pour se faire désirer. Les collégiens de mon temps, du moins ceux qui aimaient déjà la poésie, recopiaient de leur main tout ce qu'ils pouvaient attraper de Hérédia, et ne lui auraient évidemment pas fait cet honneur s'il avait été possible de se procurer *Les Trophées* pour 3 fr. 50, ou plutôt pour 2 fr. 75. C'était alors le prix, mais tout augmente. Une discrète et comme pudique réserve ne sied pas mal, au contraire, à d'autres dont l'art se caractérise par un ésotérisme essentiel et ne se révèle qu'aux initiés. On a constaté avec plaisir le nombre croissant des lecteurs de Mallarmé, mais ce succès ne pouvait être obtenu que par une longue préparation. Il y a des poètes pour l'Agora, d'autres pour les mystères d'Eleusis. M. Paul Valéry est éminemment éleusinien et mallarméen.

On ne pouvait se renseigner un peu sur lui que grâce à l'excellente anthologie des *Poètes d'aujourd'hui*, composée par MM. Van Bever et Paul Léautaud. Une courte notice nous apprend que M. Paul-Ambroise Valéry, né à Cette en 1871, n'avait guère écrit que dans des revues fermées, comme la *Conque*, de Pierre Louys, et le *Centaure*, dont il avait été l'un des fondateurs. Les collections de *La Conque* et du *Centaure* ne foisonnent pas sur le marché. La plupart des poèmes publiés par M. Paul Valéry et recueillis par MM. Van Bever et Léautaud datent des années 1889 à 1895. Puis M. Paul Valéry passait pour s'être fait mathématicien. Il n'avait plus donné que des articles critiques et théoriques, d'ailleurs peu nombreux, et un conte assez singulier, la *Soirée avec*

M. Teste, qui rappelait un peu Edgar Poe, mais dont l'étrangeté était purement psychologique, sans incidents extérieurs. Et voici que M. Paul Valéry imprime (encore à tirage restreint, mais à six cents exemplaires, ce qui constitue pour lui une publicité absolument inusitée), un poème nouveau, de plus de cinq cents vers, et considérable à tous égards, sous ce titre : *la Jeune Parque*. Il est dédié à M. André Gide qui avait précédemment dédié à M. Paul Valéry son *Traité du Narcisse*. Et déjà l'une des pièces reproduites dans les *Poètes d'aujourd'hui* était intitulée *Narcisse parle*, avec cette épigraphe : *Narcissæ placandis manibus* (pour apaiser les mânes de Narcissa.) Cette inscription latine orne, paraît-il, une fontaine d'un jardin public de Montpellier. La révélation d'une *Narcissa*, moins connue assurément que le *Narcissus* dont Ovide nous a conté la métamorphose, semble avoir vivement frappé l'imagination de M. Paul Valéry, puisque après lui avoir inspiré il y a un quart de siècle des vers délicieux aux molles et idylliques inflexions de flûte sicilienne, elle fournit encore l'élément premier du thème qu'il développe cette fois avec plus d'ampleur, sur un mode plus altier et avec une conclusion plus humaine. D'ailleurs, M. Teste aussi n'était-il pas atteint d'une sorte de narcissisme intrépide et dérisoire, puisque dans sa plate existence de petit bourgeois solitaire, et dans sa morne chambre d'hôtel meublé, il prétendait se suffire à lui-même par la contemplation assidue de son propre microscome ?

La *Jeune Parque* appartient à tout un cycle de la rêverie du poète, longtemps hanté par ce même problème, mais elle le termine et le résout. C'est pourquoi sans doute il a donné à son héroïne cette qualité de Parque, qui d'abord étonne. On songe au noble poème des *Parques* d'Ernest Dupuy, au sublime trio des *Parques* de Rameau, aux trois sœurs fatales, Clotho, Lachésis et Atropos, filles de la nuit, ou peut-être de Zeus et de Thémis, d'après un passage de la *Théogonie* d'Hésiode, mais toujours représentées sous l'aspect de vieilles sinistres ou au moins de femmes mûres ayant l'air de n'avoir jamais eu de jeunesse. Toutefois, comme ces maîtresses du fil de nos jours, la Vierge de M. Paul Valéry a un rôle hautement décisionnaire. Elle tranchera la question préalable et capitale de toute vie et de toute pensée. Elle est donc symboliquement une Parque, alors qu'à première vue le nom de nymphe semblerait mieux lui convenir.

Dans ces cinq cents vers, qui ne sont qu'un monologue, elle chante le débat qui s'élève en elle entre l'orgueil et le désir, entre la virginité et l'amour, entre la volonté de solitude et l'instinct vital, entre la révolte individuelle et l'accession à la loi commune, ou plus généralement entre le moi et le non-moi. Bien entendu, M. Paul Valéry ne nous donne pas un traité de philosophie abstraite, mais un poème abondant en fraîches couleurs et en sonorités âpres ou caressantes. Le style en est brillant, sobre et dense, parfois un peu hermétique, comme celui de Mallarmé, par crainte de la rhétorique et du cliché. Cela doit se lire avec une attention soutenue, et se relire comme on réentend une symphonie ou une sonate dont une première audition n'a pas dévoilé tous les secrets. Si l'on prend quelque peine, on en est largement payé. Est-ce un chef-d'œuvre, suivant une opinion que je crois être celle de Pierre Louys ? On pourra hésiter devant ce mot un peu gros. Mais une belle chose assurément.

... La jeune Parque médite, au bord de la mer, sous un ciel méditerranéen. Elle était seule souveraine d'elle-même, lorsqu'un serpent métaphorique est venu la mordre. A vrai dire, le serpent, dans ce sens, est hébraïque, phénicien ou égyptien plutôt qu'héllénique. Mais peu importe, et M. Paul Valéry ne fait pas de couleur locale. Donc voici le serpent. « Quel repli de désirs, sa traîne... » Et quelle mortification pour l'enfant dédaigneuse !

> O ruse !... A la lueur de la douleur laissée
> Je me sentis connue encor plus que blessée...

Dès lors son unité intime est rompue, sa personnalité se dédouble : en elle brûle une « secrète sœur » et l'ennemi à des intelligences dans la place. Elle va longtemps se rebeller, s'indigner contre sa « faiblesse de neige », lutter contre le printemps qui vient briser « les fontaines scellées » et fait que

Le gel cède à regret ses derniers diamants...

Elle pleurera sur elle-même comme la fille de Jephté, mais pour la raison précisément contraire. Elle concevra la duperie de fournir indéfiniment des victimes à la mort insatiable.

Les dieux m'ont-ils formé ce maternel contour
Et ces bords sinueux, ces plis et ces calices
Pour que la vie embrasse un autel de délices...
Non ! l'horreur m'illumine, exécrable harmonie !
Chaque baiser présage une neuve agonie...

Une image encore de cette antithèse tragique lui est fournie par ses riantes Cyclades, dans leurs ceintures de mer.

Salut ! Divinités par la rose et le sel,
Et les premiers jouets de la jeune lumière
Iles !... Ruches bientôt, quand la flamme première
Fera que votre roche, îles que je prédis,
Ressente en rougissant de puissants paradis ;
Cîmes qu'un feu féconde à peine intimidées,

Bois qui bourdonnerez de bêtes et d'idées...
Mais dans la profondeur, que vos pieds sont glacés !

Et elle invoque pour elle-même la mort, la délivrance immédiate par le bûcher, l' « aromatique avenir de fumée » qui la rendrait « aux nuages heureux. » C'est en vain, la chair l'a trahie. Il a fallu fléchir, être « dans l'ombre une adorable offrande », et il ne lui reste plus qu'à en prendre loyalement son parti, jusqu'à entonner l'hymne à l'Aphrodite ou plutôt à « ce jeune soleil de *ses* étonnements... » La loi est accomplie, acceptée, aimée. Au sens littéral, le poème consiste, si l'on veut, en une paraphrase d'un motif familier aux lyriques et aux bucoliques grecs, à Corinne, à Sapho, au Théocrite du début de l'*Oaristys*. Mais c'est une oarystis à résonance métaphysique, et l'on songe à l'idée pure, à l'être indéterminé de Hegel, qui ne se pose qu'en s'opposant et en suscitant sa propre contradiction. « Lasse femme absolue », l'héroïne de M. Paul Valéry consent enfin au relatif, à la réalité. Elle en est récompensée par la joie. Sans méconnaître les limites de notre destin, mais non plus ses beautés, le poète écarte le pessimisme, le narcissisme stérile, et souscrit décidément au vouloir vivre. Espérons en conséquence une moisson d'œuvres nouvelles. Il doit être désenvoûté.

II

INTRODUCTION A LA MÉTHODE DE LÉONARD DE VINCI

M. Paul Valéry vient de réimprimer un opuscule déjà ancien, *Introduction à la méthode de Léonard de Vinci*, en le faisant précéder d'une nouvelle introduction à cette Introduction, si l'on peut ainsi dire. L'auteur de la *Jeune Parque* n'est pas seulement un poète de premier mérite, mais encore un remarquable philosophe. Comme son maître Mallarmé, il aime à réfléchir sur son art, et sur les sujets voisins, c'est-à-dire sur tous sujets. Et comme Mallarmé encore, il se montre, dans les deux parts de son œuvre, également profond et subtil, mais également ardu. Lequel est le plus difficile à lire du poème de la *Jeune Parque* ou de l'essai sur Léonard ? On en peut disputer. Lorsqu'on rend compte d'un ouvrage de cet écrivain, la prudence commande d'avertir d'abord qu'il n'est pas impossible qu'on n'ait pas tout compris.

Dans la mesure où l'on espère en avoir pénétré le sens général, l'*Introduction à la méthode de Léonard de Vinci* est un petit manuel d'intellectualisme. Léonard ne peut être, comme disait Nietzsche, qu'un thème à considérations inactuelles, c'est-à-dire fort salutaires pour notre époque mais très contraires à ses tendances ou à ses modes. On imagine que M. Julien Benda aura lu ces pages avec allégresse. « Quoi de plus séduisant, demande M. Paul Valéry, qu'un dieu qui repousse le mystère, qui ne fonde pas sa puissance sur le trouble de notre sens, qui nous force de convenir et non de ployer, et de qui le miracle est de s'éclaircir... Est-il meilleure marque d'un pouvoir authentique et légitime que de ne pas s'exercer sous un voile ?... » Est-il plus belle victoire sur les monstres que de les pénétrer moins de flèches que de questions, de se révéler moins leur vainqueur que leur supérieur, et le triomphe le plus achevé n'est-il pas de les comprendre ? Pour M. Paul Valéry, Léonard est le héros intellectuel et apollinien par excellence. Comparons à sa lumineuse fécondité le triste saturnisme d'un autre génie de même envergure, mais douloureusement stérilisé par un faux principe. « Il (Léonard) ne connaît pas le moins du monde cette opposition si grosse et si mal définie que devait, trois demi-siècles après lui, dénoncer entre l'esprit de finesse et celui de géométrie un homme entièrement insensible aux arts, qui ne pouvait s'imaginer cette jonction délicate, mais naturelle, de dons distincts ; qui pensait que la peinture est vanité, que la vraie éloquence se moque de l'éloquence ; qui nous embarque dans un pari où il engloutit toute finesse et toute géométrie ; et qui, ayant changé sa neuve lampe contre une vieille, se perd à coudre des papiers dans ses poches, quand c'était l'heure de donner à la France la gloire du calcul de l'infini... » Pascal, que M. Paul Valéry évite ici de nommer par respect attristé, était capable en effet de devancer Newton et Leibnitz, sans cet effroyable ascétisme qui l'a détourné de toute activité normale et qui, dans un autre domaine, nous a privés d'une douzaine de chefs-d'œuvre en retirant Racine du théâtre à trente-huit ans.

« Pas de révélation pour Léonard, continue M. Valéry. Pas d'abîme ouvert à sa droite. Un abîme le ferait songer à un pont. Un abîme pourrait servir aux essais de quelque grand oiseau mécanique... » Léonard est le type du bel animal pensant, parfaitement équilibré, aimant la nature et la vie, universel et capable de s'adapter à tout objet. L'universalité, aujourd'hui abandonnée et dédaignée pour la spécialisation à outrance, n'est-elle pas indispensable à ce qu'on appelle aujourd'hui l'invention et qui n'est presque toujours que la découverte d'analogies nouvelles entre des domaines distincts ? N'y a-t-il point d'ailleurs une unité foncière, dans la nature comme dans l'esprit humain ? M. Paul Valéry montre fort bien, sinon d'une façon toujours limpide, que la continuité est la trame de l'univers, et que le génie consiste à la discerner là où elle nous échappait. On ne rend intelligible que ce que l'on ramène à l'identité ; toute la question est de savoir si tout se plie à cette réduction, ou si comme le croit par exemple M. Émile Meyerson, il ne reste pas dans la réalité un élément irréductible et irrationnel. Mais c'est de la métaphysique sans portée pratique : même si l'intelligence est condamnée à ne pas achever son œuvre, elle a de la marge devant elle ; c'est à elle seule que nous avons dû tous les progrès accomplis et que nous devrons tous ceux qui seront réalisables jusqu'à cette limite hypothétique de la connaissance.

Léonard avait donc la bonne méthode, puisqu'il cultivait simultanément la science et l'art, la première étant la base solide et indispensable du second. Il n'y a qu'illusion vaniteuse et dangereuse dans les théories qui accordent tout à l'inspiration, à l'intuition, à une sorte de délire sacré. Sur ce point, M. Paul Valéry est en plein accord avec Edgar Poe, dont Baudelaire a exposé la doctrine dans la préface de sa traduction des *Nouvelles histoires extraordinaires*.

L'œuvre d'art n'est pas une création (sinon par métaphore, et nous ne savons pas ce que c'est que créer) ; elle est au juste une construction, où l'analyse, le calcul, la préméditation jouent le premier rôle. Et il n'y a pas d'art où l'on constate mieux que dans l'architecture — symbole de tous les autres — cette continuité de l'artiste et du savant qui résume le génie de Léonard et nous le propose à tous comme modèle de parfaite santé spirituelle, selon la mesure de nos forces.

Un dernier mot. M. Valéry croit Léonard hostile à l'amour parce qu'il a raillé l'amour physique. Sur ce détail, M. Valéry, si judicieux par ailleurs, semble s'abuser. Car Léonard a écrit la fameuse maxime : « L'amour est d'autant plus fervent que la connaissance est plus parfaite. » Et si l'on suppose qu'il s'agit ici de l'amour du beau ou du vrai, voici qui est plus précis et ne laisse aucun doute : « Si la chose aimée est vile, l'amant s'avilit. Quand la chose unie convient à son uniteur, il résulte délectation, plaisir et sérénité. Quand l'amant est uni à l'objet aimé, il se repose... »

III

ADONIS

M. Paul Valéry, esthéticien et poète, subtil et parfois profond, disciple et continuateur de Mallarmé, donne à la *Revue de Paris* une curieuse étude sur l'*Adonis* de La Fontaine. Il y a toujours des choses intéressantes et de beaux vers dans ces poèmes trop oubliés du grand fabuliste : Moréas en découvrait jusque dans le *Quinquina*. C'est dans *Adonis* que se trouve le vers fameux :

Ni la grâce, plus belle encor que la beauté

et cet autre, qu'on cite souvent aussi, sans peut-être se rappeler non plus d'où il est pris :

Le vert tapis des prés et l'argent des fontaines.

M. Paul Valéry développe au sujet de cet *Adonis* une théorie qu'il esquissait déjà dans *Le Gaulois*, à propos de Verlaine et de Mallarmé. « Quant à l'ingénuité de Verlaine et de son art, disait-il, il ne fait aucun doute qu'elle n'a jamais existé. Sa poésie est bien loin d'être naïve, étant impossible à un vrai poète d'être naïf. On oublie trop aisément que, par nécessité de son état, le poète doit être le dernier des hommes à se payer de mots. » La mobile facilité de Verlaine, qui descend parfois du ton le plus délicatement musical à la pire des proses rimées, n'en était pas moins opposée par M. Valéry à l'art hautain de Mallarmé, de qui le vers, ne laissant jamais aucun doute sur sa qualité de vers, est toujours lumineusement ce qui ne peut pas être prose. Mallarmé semble donc plus conscient, Verlaine plus ingénu, de l'aveu même de M. Paul Valéry.

D'après lui, les six cents vers à rimes plates d'*Adonis*, où tant de difficultés sont vaincues, prouveraient que La Fontaine n'était pas le rêveur de la légende. « La naïveté » lui paraît « nécessairement hors de cause : l'art et la pureté si soutenus excluent toute paresse et toute bonhomie... La véritable condition d'un vrai poète, ajoute-t-il, est ce qu'il y a de plus distinct de l'état de rêve. Je n'y vois que recherches volontaires, assouplissement des pensées, consentement de l'âme à des gênes exquises, et le triomphe perpétuel du sacrifice... Qui dit exactitude et style invoque le contraire du songe... » etc... N'y a-t-il pas une équivoque ? Il est bien entendu que la perfection ne s'atteint que par un rude travail, que le génie n'est pas exclusivement une longue patience, mais ne peut s'en passer, et qu'un grand poète est nécessairement un grand laborieux.

C'est aussi pourquoi il est un grand rêveur. Le rêve où il vit consiste précisément à oublier la réalité vulgaire et les soucis pratiques, pour concentrer son attention sur ses pensées et l'expression qui leur convient. Et il est un naïf de deux façons : au regard du profane, parce qu'il dédaigne ce qui passionne les gens ordinaires ; en un sens plus élevé, parce qu'il conserve, devant les spectacles de la nature et de l'esprit, cette faculté d'émerveillement, privilège de l'enfance, que l'âge efface ou atténue. Le poète est, essentiellement, le contraire d'un homme blasé.

M. Paul Valéry dit des choses très justes sur la matière résistante, et par conséquent plus durable qu'est le vers astreint à des règles épineuses. Sont-elles arbitraires, comme il l'accorde ? Il y a encore amphibologie. Elles le sont en ce sens que nul n'est tenu d'écrire en vers. Elles ne le sont pas, si on entend par là qu'elles pourraient être différentes. Les lois de la prosodie sont déterminées par les conditions même et par le génie de la langue. Aussi varient-elles d'une langue à l'autre. Baïf n'a pas réussi, lorsqu'il a tenté d'appliquer en français la métrique latine. Tout au plus a-t-on pu inventer le vers libre, qui ne détruit pas la raison d'être du vers régulier, mais introduit une forme nouvelle, intermédiaire entre la simple prose et le vers proprement dit. Il semble enfin que M. Paul Valéry doute un peu trop du pouvoir des vrais poètes, lorsqu'il déclare que la discipline du vers en suggérant certaines idées, en exclut d'autres. Un poète digne de ce nom sait, poétiquement, tout dire. Le raisonnement de M. Valéry aboutirait à à faire de la poésie savante quelque chose de futile et de fortuit, un jeu de sceptique. Cet excès de dilettantisme ne rabaisse-t-il pas le langage de l'idéal et du divin ?

Sur *Adonis* même, M. Paul Valéry a des réflexions pénétrantes. Il a raison d'admirer ce poème, d'apercevoir dans les vers de la fin, où Vénus exhale sa douleur, des harmonies préraciniennes, de regretter que La Fontaine n'ait pas donné davantage à l'idylle et à l'élégie et n'ait pas plus complètement devancé Chénier. Peut-être se montre-t-il bien sévère pour les *Contes* du bonhomme, qui ont aussi leur charme. On s'étonne un peu qu'il ne dise rien du poème de Shakespeare, *Vénus et Adonis*, qui a tant de saveur ardente, d'éclat dans sa préciosité, qui fait si curieusement d'Adonis une sorte d'Hippolyte réfractaire à l'amour et date de cette aventure les côtés tragiques de cette passion. Et M. Valéry ne souffle mot non plus de l'*Adone* du cavalier Marin, jadis célèbre, ni de Leconte de Lisle, ni de Heredia, qui ont été attirés surtout par le mythe de la résurrection d'Adonis et par le culte dont on honorait, à Byblos,

Le jeune homme adoré des vierges de Syrie.

La connaissance de l'histoire des religions et le sens de la mythologie comparée ont rendu quelques services à cette poésie savante, où M. Paul Valéry se plait trop à ne voir qu'un jeu abstrait et laborieusement frivole.

IV

LE CIMETIÈRE MARIN

..... Si M. François Porché est un poète presque populaire, je veux dire très accessible et qui désire se mettre à la portée de tous, même des gens du monde, tout au contraire, M. Paul Valéry est distant, subtil, hermétique et mallarméen. Les deux tendances sont également légitimes. Il faut une poésie pour le peuple, et les mandarins, en goûtant aussi celle-là, car ils doivent tout comprendre, ont bien le droit d'en avoir une autre qui leur soit réservée. L'inconvénient des œuvres de vulgarisation poétique comme celle de M. Porché, c'est que, si réussies soient-elles en leur genre, on en a vite fait le tour. Mais on peut lire et relire bien des fois un poème de M. Paul Valéry sans en épuiser l'intérêt. Voire, on le doit, si l'on tient à en discerner la signification, car M. Paul Valéry est un auteur difficile. La première impression risque de rester un peu confuse. Puis, à chaque lecture nouvelle, on pénètre mieux dans la pensée du poète — sans jamais être absolument sûr d'en saisir à fond tous les détours, mais cette incertitude, comme l'énigmatique sourire de la Joconde, est un charme de plus ; et l'on découvre des beautés qui avaient échappé d'abord, et l'on admire davantage. Le *Cimetière marin* est un morceau assez court : vingt-quatre strophes de six décasyllabes [1], parfaitement régulières et semblables d'un bout à l'autre : pas plus que son maître Mallarmé, M. Paul Valéry n'innove en métrique. C'est, au bord de la mer, une méditation philosophique à la façon de Parménide et de Zénon (qui est nommé) sur l'Etre immuable et la vie fugitive, concluant toutefois, à l'encontre du panthéisme éléate, en faveur de ce petit changement qui n'est peut-être qu'apparence, mais qui est notre seul bien et notre tout. M. Paul Valéry ne se forge pas d'illusions, et sent la vanité de notre moi, précaire et simple phénomène :

> Je hume ici ma future fumée...

L'absorption dans la splendeur de l'Etre universel est bien tentante. Mais plutôt qu'à cette immortalité illusoire aussi, puisque indistincte et

1. Il y a un vers faux à la quatrième dans l'édition originale, mais c'est visiblement une faute d'impression.

inconsciente, attachons-nous à notre petit champ d'action, qu'il dépend encore de nous de rendre assez beau, et la nature même, par son agitation féconde, semble nous y convier :

Le vent se lève !... Il faut tenter de vivre !
L'air immense ouvre et referme mon livre,
La vague en poudre ose jaillir des rocs !
Envolez-vous, pages tout éblouies !
Rompez, vagues ! Rompez d'eaux réjouies
Ce toit tranquille où picoraient des focs !

On voit que la contemplation métaphysique n'exclut pas, chez M. Valéry, le sens du pittoresque. Vous savez que le foc est la voile d'avant, pointue et penchée vers la mer, comme un bec, qui donne en effet aux petits bateaux, surtout avec le tangage, un aspect d'oiseaux picorant le sol. C'est une image charmante et juste. M. Paul Valéry est un poète de très haute et très rare qualité.

V

CHARMES

On sait qu'après s'être fait connaître aux temps du symbolisme par des poèmes dispersés dans des revues d'avant-garde, et dont quelques-uns se retrouvent dans l'Anthologie de MM. Van Bever et Paul Léautaud, M. Paul Valéry disparut de la scène littéraire pendant une vingtaine d'années, qu'il consacra solitairement à des études mathématiques et philosophiques, laissant ses premiers admirateurs déplorer qu'il eût renoncé à la poésie, malgré de si brillants débuts. Étrange

> Oisiveté, mais pleine de pouvoir...

dira-t-il, dans le *Cimetière marin*. Même pour le service de cette poésie que n'abandonnent jamais sans retour ceux qu'elle a marqués du signe, il ne perdait pas son temps. Il mûrissait son esprit par la plus vaste culture, il méditait sur les secrets de son art comme sur ceux de la science, s'entraînait à fond pour un combat moins téméraire, donnant ainsi une leçon à nos jeunes barbouilleurs, qui ne savent rien, s'en vantent, et croient qu'un atome de savoir gâterait leur originalité précieuse. Oui, la leçon est bonne. D'ailleurs, ils ne l'entendront pas.

Voilà deux ou trois ans, M. Pierre Louÿs, parfait artiste et parfait ami, m'annonçait joyeusement la prochaine rentrée de M. Paul Valéry avec un poème nouveau d'une certaine étendue : c'était la *Jeune Parque*, poème merveilleux et profond, dont je vous ai longuement entretenus. Depuis, je vous ai parlé également du *Cimetière marin*, de l'*Introduction à la méthode de Léonard de Vinci*, de la préface à l'*Adonis* de La Fontaine [1], etc. On voit maintenant les fruits de cette gestation savante. Voici qu'en deux ans, après sa lente veillée des armes, M. Paul Valéry est porté presque soudainement au premier rang de la littérature actuelle. Il a conquis l'admiration de tous ceux qui aiment la poésie et la pensée, chez lui, comme il sied, inséparables. Le *Divan* lui a consacré un numéro spécial, auquel on avait bien voulu me demander ma collaboration : le temps m'a fait

1. Insérée d'abord dans la *Revue de Paris*, cette préface a paru avec *Adonis*, dans la collection du Florilège français, dirigée par M. J.-L. Vaudoyer (chez Devambez).

défaut. On y trouve des pages, vers ou prose, de Mme de Noailles, de MM. Henri de Régnier, André Gide, Vielé-Griffin, Albert Mockel, Jacques-Émile Blanche, Lucien Fabre, Camille Mauclair, François Le Grix, Marcel Boulenger, Lucien Dubech, André Fontainas, Louis Artus, Francis de Miomandre, Jean-Louis Vaudoyer, etc. C'est un concert de louanges. Certains parlent même de génie.

> Génie, ô longue impatience [1] !

Impatience, oui, car il suppose l'élan, l'essor, l'ardeur du plus puissant désir ; mais longue, car l'œuvre ne s'improvise pas. Sous ce titre : *Charmes*, M. Paul Valéry a réuni en volume tous les poèmes qu'il a publiés depuis la *Jeune Parque*, dont plusieurs avaient paru séparément et dont quelques-uns avaient été, peut-être, esquissés ou au moins conçus dans sa période de retraite. C'est un beau livre.

M. Paul Valéry se distingue d'abord, parmi nos contemporains, en ceci, qu'il est le plus intellectuel des poètes.

> O ma mère Intelligence...

dit-il, et il dit vrai. M. André Suarès lui reprochera même, sans doute, de s'abstraire sur ce qu'il appelait

1. *Ébauche d'un serpent.*

« les glaciers de l'intelligence », à propos d'Ibsen. Eh ! Le soleil y brille, tandis que la plaine étouffe sous les brumes. C'est précisément sur ces hautes cimes que l'air est plus pur, l'horizon plus large, le sang plus vif et la vie intérieure plus intense. M. Paul Valéry a l'esprit lucide, la vision aiguë, l'expression nette, dense et concise. Je sais que beaucoup de lecteurs le trouveront obscur. Mais beaucoup aussi ont le mal des montagnes ; ou, si vous préférez, une autre comparaison, il nous est arrivé à tous de ne pas comprendre entièrement un ouvrage musical la première fois que nous l'avons entendu. Même des musiciens professionnels demandent une seconde audition avant de se prononcer. Reyer avouait qu'il n'avait d'abord rien compris à *Tristan et Isolde*. M. Paul Valéry, lui aussi, écrit une musique un peu difficile. M. Henri de Régnier rappelle, dans un sonnet publié par le *Divan*, qu'il le rencontra « aux beaux mardis de Mallarmé ». M. Paul Valéry a évidemment subi l'influence du grand poète de l'*Après-midi d'un faune* : il est de la famille. On doit donc le lire avec quelques précautions, non point en chemin de fer, au cercle ou au café, mais dans le silence, avec recueillement ; puis ne pas se décourager tout de suite, et relire, le jour même ou le lendemain, jusqu'à ce qu'on ait vu clair. C'est, d'ailleurs, une excellente méthode, dans tous les cas qui en valent la peine. Il convient de ne pas pénétrer dans un temple comme dans une gare ou un casino ; de ne pas feuilleter un livre de vers comme un roman d'aventures ; et les poètes un peu ardus ne sont pas fâchés d'imposer aux profanes cette juste dicipline, et ce respect auquel ils ont bien droit.

Au surplus, il ne faudrait pas s'exagérer cet hermétisme de M. Paul Valéry, lequel n'atteint pas à celui de son maître Mallarmé, bien que les raisons en soient les mêmes : nouveauté et subtilité de l'image et de l'idée, puis, surtout, par haine du cliché, usage fréquent de l'ellipse et du sous-entendu. Prenons pour exemple les quatre premiers vers de l'*Abeille*, première pièce des *Charmes* :

Quelle, et si fine, et si mortelle,
Que soit ta pointe, blonde abeille,
Je n'ai, sur ma tendre corbeille,
Jeté qu'un songe de dentelle.

Évidemment, on ne sait pas trop d'abord de quoi il s'agit. Mais voici le cinquième vers :

Pique du sein la gourde belle...

Tout s'éclaire. La corbeille, ce sont les seins, couverts seulement d'une dentelle légère comme un songe... Comparaison dont un terme seul est indiqué, allusion, suggestion ! Quelque chose comme l'appoggiature sans résolution des musiciens modernes.

C'est le principe du symbolisme, qui s'oppose à l'expression directe et réaliste. Donc, un travail de plus pour l'esprit ; mais quelle récompense ! Et quel champ ouvert au poète, affranchi du lieu commun, libre de suivre au vol, sans fil à la patte, les plus fines analogies ! Le symbolisme est toujours un langage essentiellement intellectualiste, même lorsqu'on l'applique à des jeux frivoles, ou aux troubles mouvements de l'instinct. Mais M. Paul Valéry est un philosophe ; et, en outre, un artiste conscient, épris de logique, non moins que de belle matière (au sens où l'entendent les peintres). Peut-être même serait-il un peu trop enclin à dépriser la part de l'enthousiasme et de l'inspiration ; mais on en avait tellement surfait la valeur, en la proclamant suffisante et unique, qu'il n'est pas mauvais de réagir contre ce préjugé mortel, même avec un peu d'excès, qui, du reste, n'apparaît que dans les enseignements de M. Paul Valéry, non dans ses poèmes. Ce grand partisan de l'art réfléchi, rationnel et constructif, a cependant l'imagination la plus fraîche, la plus nerveuse sensitivité, et, dans la savante organisation de telles ruches, son miel garde tout le parfum des fleurs. Il y a des poètes, qui ne méritent pas ce nom, raisonnables par indigence (école du bon sens, académisme) ; on invoque utilement contre eux la vie, le grouillement du concret, le tumulte des passions ; mais conserver ces richesses, en les affinant et les élevant à une harmonie supérieure, c'est l'art véritable, tel que le comprend et le pratique M. Paul Valéry. Et tandis que beaucoup d'autres préconisent, sous prétexte de spontanéité, les impulsions brutes et les réflexes barbares, il représente parmi nous la pure doctrine de la civilisation.

On pourrait définir son système comme l'hégémonie de la sérénité ordonnée et lumineuse sur le chaos, même superbement effervescent, ou de l'apollinien sur le dionysiaque. Il est vrai que la Pythie était prêtresse d'Apollon, car les mythes s'entrecroisent et s'embrouillent par alluvions d'origines diverses ; mais celle de M. Paul Valéry proteste contre la crise sacrée et le délire prophétique. Elle dit :

> L'eau tranquille est plus transparente
> Que toute tempête parente
> D'une confuse profondeur.

Elle ajoute qu'après l'orage, sans nous instruire, l'éclair stérile et déchirant

> Dans la plaie immense des airs
> Nous imprime de purs déserts.

L'art poétique de M. Paul Valéry, épars dans ces pièces d'un lyrisme scintillant, sans didactisme, se complète bien par le *Cantique des colonnes*, où s'affirme son culte pour l'architecture et la mathématique, suivant lui bases et types de toute beauté spirituelle. Dans *Aurore*, il explique la délicate broderie que jettent sur cette solide armature l'image et le symbole. Il salue les « similitudes amies, qui brillent parmi les mots ». Il interpelle ses Idées et leur demande des comptes. Elles ont été de fidèles ouvrières :

> Nous avons sur tes abîmes
> Tendu nos fils primitifs,
> Et pris la nature nue
> Dans une trame ténue
> De tremblants préparatifs.

Et ces diligentes araignées ont sur ses énigmes tissé

> Cent mille soleils de soie.

Voilà qui fait songer un peu à *Puissance égale bonté* (dans la *Légende des siècles*). Je parle du rapprochement entre l'araignée et le soleil. La pensée est différente.

Et il y a, dans ces *Charmes*, d'exquis petits poèmes de sentiment et de sensualité sublimée, comme la *Dormeuse* et les *Pas* ; un *Fragment du Narcisse*, ravissante idylle, méditation pénétrante, adorable nocturne, où André Chénier semble avoir collaboré avec André Gide :

O semblable ! et pourtant plus parfait que moi-même...

Je ne puis tout citer, mais c'est dans le *Cimetière marin* et dans *Ebauche d'un serpent* que M. Paul Valéry a énoncé sa métaphysique, déjà un peu impliquée, si l'on veut, dans ce dernier vers. Il n'y a pour lui de perfection que dans l'idée, au sens platonicien, et la réalité contingente n'est que déformation et avilissement. Il a ainsi audacieusement relevé le mythe un peu usagé de la chute originelle. S'il ne s'agissait que d'Eve en personne, de son amour et de sa maternité, combien on préférerait la splendeur heureuse et le paganisme pré-biblique d'Hugo dans le *Sacre de la femme* ! Mais le péché et la chute véritables, dans l'interprétation ésotérique de M. Paul Valéry, c'est l'existence même. On ne peut être plus loin de saint Anselme, qui la considérait comme une perfection, et concluait de ce principe à celle de Dieu.

Soleil, soleil ! Faute éclatante !...

Tu gardes les cœurs de connaître
Que l'univers n'est qu'un défaut
Dans la pureté du Non-Etre !

Est-ce que, d'après la *Genèse*, Dieu ne s'est pas repenti d'avoir créé l'homme ? Il s'est diminué par sa création, selon le serpent de M. Paul Valéry :

Cieux, son erreur ! Temps, sa ruine !

Et peut-être Dieu lui-même ne valait-il déjà plus le pur néant. Son existence eût peut-être gagné à rester idéale ; car toute réalisation est une déchéance. Ici nous dépassons Platon pour rejoindre M. Émile Meyerson, d'après qui le seul fait que le monde existe suffit à prouver qu'il est irrationnel. Quelle source de pessimisme pour un Paul Valéry !

Il n'y échappe point théoriquement, mais trouve pratiquement un courageux pis-aller, à la Vigny. Bien que « le vrai rongeur, le ver irréfutable » ne dévore pas les morts, mais les vivants, il imposait, dans le *Cimetière marin*, le coup d'état de la volonté : Non ! non ! Debout !

Le vent se lève ! Il faut tenter de vivre !

Il en donne la meilleure raison dans la dernière strophe d'*Ebauche d'un serpent* (laquelle ne se trouvait pas dans la première édition en plaquette séparée). Le serpent parle à l'arbre de la connaissance :

Grand Etre agité de savoir,
Qui toujours, comme pour mieux voir,
Grandis à l'appel de ta cime...

Et voici l'argument nouveau qui clôt maintenant le poème :

Cette soif qui te fit géant,
Jusqu'à l'Etre exalte l'étrange
Toute-Puissance du Néant !

Toute existence est imparfaite, déchue et misérable ; mais elle est la condition nécessaire du bien qui fait supporter tous les maux : la connaissance, la pensée. Ainsi M. Paul Valéry, dans sa conclusion, revient à son principe, et son serpent ne cesse pas de se mordre la queue comme il le faisait dans les derniers vers, aujourd'hui modifiés, de la première version. Il ne faudra pas oublier cette variante, lorsqu'on donnera des éditions critiques de *Charmes*, dans une centaine d'années.

VI

EUPALINOS
LA SOIRÉE AVEC M. TESTE

Un prince de l'esprit s'avance : les seigneurs de moindre importance attendront. Il y a si peu d'espoir de trouver du nouveau ou seulement de l'orthographe dans le fatras de la littérature romanesque, qui ressemble de plus en plus à la camelote des grands magasins de confection, avec exposition de printemps et d'automne en vue des prix ! Une irrésistible curiosité m'a fait tout lâcher pour saisir avidement cet *Eupalinos*, qui m'apportait une chance de ne pas m'ennuyer, et m'intriguait comme l'entrée en scène de quelqu'un qui aura peut-être quelque chose à dire. Depuis sa réapparition littéraire, après vingt ans de retraite et de silence, l'auteur ressuscité de la *Jeune Parque* et de *Charmes ou poèmes*, de la *Soirée avec M. Teste* et de l'*Introduction à la méthode de Léonard de Vinci*, s'est placé au premier rang, en deux ou trois ans et quatre ou cinq ouvrages assez courts, comme le plus intellectuel des poètes de ce temps et le plus poète parmi ceux d'aujourd'hui qui pensent. Il n'est rien au monde que je préfère à cette alliance de nos deux principales raisons de vivre, qui, à les bien prendre, n'en font qu'une, malgré la prédominance chez tel rimeur ou tel philosophe de l'un ou l'autre de ces éléments inséparables dans leur principe. M. Paul Valéry lui-même a dû les séparer un peu dans son œuvre, à cause des strictes exigences du lyrisme contemporain et des meilleures facilités qu'offre la prose à certains exposés théoriques. C'est pourquoi il nous donne cette fois non un poème, mais une suite de dialogues à la manière de Platon — lui-même éternel modèle de cette union du génie poétique avec la plus profonde philosophie.

Mallarmé, l'un des maîtres de M. Paul Valéry, avait longuement médité sur la danse, à l'époque des fameux ballets de l'Eden. En quelques pages recueillies au volume des *Divagations*, il signalait le caractère *in*-individuel et emblématique de la danse, « écriture corporelle », signe, hiéroglyphe, résumant les aspects élémentaires de notre forme... Dans le premier des deux dialogues qui composent le présent volume, l'*Ame et la danse*, M. Paul Valéry n'y contredit point, mais traite le sujet avec plus d'ampleur et des points de vue originaux. Après un banquet, Socrate assiste à un ballet, avec son ami Phèdre et le médecin Eryximaque. Ils s'y plaisent, et ils dissertent. Leur plaisir s'exprime en petits morceaux descriptifs vraiment exquis. « Elle semble d'abord de ses pas pleins d'esprit, dit Phèdre, effacer de la terre toute fatigue et toute sottise... Et voici qu'elle se fait une demeure un peu au-dessus des choses, et l'on dirait qu'elle s'arrange un nid dans ses bras blancs... Mais à présent ne croirait-on pas qu'elle se tisse de ses pieds un tapis indéfinissable de sensations ?... Ces deux pieds babillent entre eux, et se querellent comme des colombes ! Le même point du sol les fait se disputer comme pour un grain...» Et, se demandant comment cette fille si frêle et si fine, avec cette tête si petite et serrée comme une jeune pomme de pin, peut enfermer en elle un tel monstre de force, de précision et de promptitude, Socrate s'écrie : « Hercule changé en hirondelle, ce mythe existe-t-il ? »

Puis, la question se posant de savoir ce que représente cette danseuse : « Nulle chose, cher Phèdre. Mais toute chose, Eryximaque », répond Socrate qui résoud ainsi le désaccord des deux autres par une synthèse supérieure, et plus générale encore que celle de Mallarmé. « Aussi bien l'amour comme la mer, ajoute-t-il, et la vie elle-même, et les pensées... Ne sentez-vous pas qu'elle est l'acte pur des métamorphoses ? » Ainsi, comme on va le voir, la danse symbolise l'effort pour remédier à l'ennui de vivre, que Socrate définit fort bien, encore qu'à mon avis il en donne une explication ou, comme disent les médecins, une étiologie contestable. D'après lui, ou plutôt d'après M. Paul Valéry, qui fait de lui son porte-parole avec une liberté dont Platon a donné l'exemple, cet ennui parfait, ce pur ennui, qu'il ne faut pas confondre avec les ennuis ou les chagrins résultant de l'infortune ou de l'infirmité, n'a d'autre cause que la clairvoyance du vivant et n'est en soi que la vie toute nue, quand elle se regarde clairement. « Rien de plus morbide en soi, de plus ennemi de la nature, que de voir les choses comme elles sont. Une froide et parfaite clarté est un poison qu'il est impossible de combattre. Le réel à l'état pur arrête instantanément le cœur... » On reconnaît ici une idée chère à M. Paul Valéry, et qui ne se laisse pas réduire à celle de Pascal sur la nécessité du divertissement. Pour Pascal, il s'agit de nous arracher à l'obsession de notre destinée. Pour M. Valéry, c'est la simple conscience de l'être qui est funeste ; il nous a montré en M. Teste une intelligence supérieure que sa supériorité même stérilise et mène au mépris de tout ; et dans le *Serpent* on se rappelle cette invocation :

Soleil, soleil !... Faute éclatante !
Toi qui masques la mort, Soleil...
Tu gardes les cœurs de connaître
Que l'univers n'est qu'un défaut
Dans la pureté du Non-Etre !

M. Teste ne tombait pas dans l'illusion du Créateur — « Cieux, son erreur ! Temps, sa ruine ! » — et savait que toute réalisation est une déchéance. Le *taedium vitae* viendrait d'avoir compris que l'existence vaut moins que le néant... C'est possible : je veux dire que ces valeurs de M. Paul Valéry se font admettre à la rigueur, d'un point de vue hautement métaphysique ; mais ce pessimisme bouddhiste n'a pas cours en Occident, sauf quelques exceptions, et le cas ordinaire demeure plus modeste. Les hommes de nos races ont naturellement le goût de la vie, et s'ils s'en dégoûtent parfois, ce n'est pas qu'ils en percent la vanité, mais qu'ils n'ont plus le pouvoir d'en sentir la saveur : infirmité morale analogue à celle de l'estomac qui refuse les aliments sans en nier l'attrait toujours efficace pour les organismes sains. C'est pourquoi le vulgaire a besoin de plus de divertissements que les esprits curieux, qui ont plus d'appétence et s'intéressent à plus de choses.

D'ailleurs, tout est dans tout — et réciproquement, comme disait d'une façon si plaisante Adrien

Hébrard. Je veux bien que l'ivresse la plus propre à combattre cet ennui et son plus sûr dérivatif (puisqu'il n'y a point de remède complet, d'après Eryximaque), ce ne soit ni le vin, ni les passions, mais les actes et les mouvements dont la danse est le type, parce qu'ils nous arrachent à nous-mêmes, nous diversifient et tirent de nous comme un feu d'artifice magique. Le Socrate de M. Paul Valéry dit là-dessus des paroles très justes et très belles. La danse est comme une flamme, un fluide enchanté que la salamandre secrète elle-même, et qui la protège comme Brunnhild contre la médiocrité importune ; en dansant, on cesse d'être clair pour devenir léger ; on réussit à différer indéfiniment de soi-même ; le corps remédie à sa fastidieuse identité par le nombre de ses actes ; il éclate en événements. (Et l'âme elle-même, qui voudrait rechercher méthodiquement le divin, n'est peut-être capable pareillement que d'avoir des éclairs, de tenter des bonds désespérés hors de sa forme.) Asile, ô tourbillon ! La danse est le parfait symbole des prestiges par où notre activité supplée à la misère de notre fonds. Soit ! Et c'était aussi l'avis de Zarathustra le danseur. Mais je ne puis m'empêcher de trouver l'antithèse un peu factice, puisque cette activité féconde ou du moins palliative nous est donnée, au moins à l'état virtuel, par la nature, en dehors de laquelle, pour nous ici-bas, il n'y a rien. L'homme avec ses biens et ses maux, ses facultés de rechange et de tous les jours, en fait intégralement partie et n'est pas un empire dans un empire, a dit Spinoza. Il le disait contre la liberté métaphysique. Mais en l'acceptant même, on voit qu'elle fournit seulement la contingence limitée aux choix, et non point de créations *ex nihilo*. Enfin de cette universalité complexe de la nature, qui contient l'excellent et le pire, le poison et l'antidote, il faut conclure également contre l'optimisme radical et le pessimisme absolu, dont l'antinomie peut se résoudre par le devenir et le progrès, ou simplement par une sagesse à la Montaigne ou à la Renan, mêlée d'admiration et de critique, d'amour et d'ironie... Je reconnais que plus d'un abonné de l'Opéra s'étonnera peut-être de telles réflexions suggérées par un ballet à M. Paul Valéry et à moi-même à propos de sa philosophie de la danse. Mais voyez l'aphorisme précité d'Adrien Hébrard.

Eupalinos, ou l'architecte, nous conduit au séjour des ombres, où s'entretiennent celles de Phèdre et de Socrate. Le sujet est l'opposition du connaître et du construire : vaut-il mieux être artiste ou philosophe ? Phèdre parle d'un sien ami, l'éminent architecte Eupalinos, qui mettait son art au-dessus de tout. Phèdre se souvient d'avoir gagné son cœur en comparant un petit temple, œuvre d'Eupalinos, à une jeune fille que celui-ci avait aimée, et à un chant nuptial. Cet architecte divise les édifices en trois classes : ceux qui sont muets (les maisons quelconques) ; ceux qui parlent (dont l'aspect indique bien leur destination) ; ceux qui chantent, dont la beauté ravit l'âme comme une musique. Eupalinos et Phèdre connaissaient déjà les analogies de la musique et de l'architecture ; nous aussi, notamment par Hegel et Taine. Accorderons-nous à Eupalinos et à M. Paul Valéry d'exalter ces deux arts aux dépens des autres, et de proclamer l'architecture le premier de tous ? Si admirable soit-elle assurément, j'aperçois quelques difficultés. Les deux plus beaux moments de l'architecture ont été l'âge classique athénien et... notre moyen âge. Si l'une de ces périodes est la plus pure gloire de l'esprit humain, que dire de l'autre ? La réunion de l'utilité, de la beauté et de la solidité, célébrée par Eupalinos, ne me convainc pas, car l'utilité n'est pas un élément esthétique (voyez Kant : l'art est désintéressé), et les monuments n'ont qu'une solidité toujours précaire, par la faute des fanatiques et des vandales, il est vrai, non par celle des bons architectes ; mais le résultat est le même. En faveur du couple musique-architecture, on fait valoir que ces deux arts n'opèrent pas sur le monde des apparences, mais révèlent la réalité profonde, le monde invisible des rapports et des lois (ce qui est du Schopenhauer traduit en Taine ou en Hegel). Les figures par lesquelles l'architecture et la musique rendent sensibles ces lois générales, ce ne sont point des imitations réalistes, mais des créatures directes de l'esprit. Tout cela est entendu. Mais si les moyens d'expression de ces deux arts sont plus originaux, ils sont plus vagues. Et malgré tout leur charme puissant ou enivrant, je persiste à croire, avec Hegel, que le premier et le plus complet des arts, c'est la poésie, qui peut être construite comme un temple, qui doit être musicale comme une symphonie, en qui les lois et rapports invisibles se traduisent donc aussi et peuvent être considérés à part, qui a enfin et en outre l'avantage de la précision et de la variété. Pour la durée, nous possédons quelques tragédies d'Eschyle et de Sophocle *in extenso*, et tout Platon (voire un peu plus, disait Henri Weil) ; mais le Parthénon est à moitié par terre, et indignement pillé. Ce que je retiendrai de la doctrine d'Eupalinos, c'est la nécessité d'une qualité architecturale dans tous les arts : celle qu'en terme d'école on appelle la composition. Mais aucun d'eux ne peut se passer non plus d'une qualité poétique.

Les discours de Phèdre tendent donc à établir la supériorité de l'art en général, et de l'architecture en particulier. Socrate, à qui il reproche de vouloir toujours tout tirer de lui-même, se défend un peu. Il s'étonne que des hommes intelligents aient besoin de formes et de grâces corporelles pour atteindre leur état le plus élevé. A Phèdre déclarant que rien de beau n'est séparable de la vie, Socrate oppose la notion d'une beauté immortelle, mais Phèdre combat la théorie platonicienne des idées ou archétypes sacrés et transcendants, dont les beautés terrestres seraient les copies ou les reflets ; il la juge trop simple et trop pure pour expliquer la diversité de ces beautés d'ici-bas, les variations des jugements et des préférences, l'effacement de tant d'œuvres qui furent portées aux nues... Evidemment, la théorie de Platon n'est qu'un mythe, mais les objections de Phèdre ne me semblent pas décisives. Car ces beautés précaires, caprices de la mode, ne sont point justement des beautés vraies et conformes aux idées suprasensibles. Et c'est précisément cette vérité que Platon représente par ce symbole, qui contredit un excès de relativisme aboutissant à la déliquescence anarchique et à la négation du goût... Socrate continue de résister. Il remarque que le langage est constructeur aussi, par exemple dans la géométrie, dont il est la base, et qui par l'application de l'algèbre, ou analyse, arrive à des actes de pensée pure, construisant ou enrichissant l'étendue sans intervention de figures ni d'aucun élément visuel. Socrate pourrait ajouter que cette constructivité spéculative et immatérielle n'appartient pas seulement à la mathématique, mais éminemment aussi aux systèmes de philosophie. Il observe que l'homme fabrique par abstraction, puisque l'art considère seulement certaines propriétés des objets qu'il emploie comme matériaux, tantôt la couleur, tantôt la densité, etc..., tandis que la science ou philosophie considère toutes les propriétés de tous les objets. D'où il suit que dans les ouvrages des hommes pratiques l'ensemble est souvent plus simple que les parties : par exemple dans l'alignement et la manœuvre d'un bataillon, où parmi les soldats peuvent se trouver des Socrates et des Phidias, dont le stratège n'utilise évidemment pas toutes les aptitudes (pas plus que l'architecte, toutes celles des pierres ou des arbres dont il fait servir le bois à son dessein). L'homme qui vit, praticien ou artiste, n'a pas besoin de toute la nature. Le philosophe est celui qui ne néglige rien. L'homme ne peut agir que parce qu'il peut ignorer et se contenter d'une connaissance partielle, tandis que le philosophe aspire à la connaissance totale. Il est donc permis d'hésiter entre le construire et le connaître. Il faut choisir d'être un homme ou un esprit.

Et l'on peut croire un instant que Socrate se loue du choix qu'il avait fait en son vivant. Mais voici qu'il regrette finalement de n'avoir pas adopté l'autre parti, de n'avoir pas été artiste et surtout architecte. M. Paul Valéry le pousse de la position de Hegel à celle de Schelling, qui, lui, contrairement à son illustre rival, plaçait l'art au-dessus de la science ou philosophie, y voyant même un moyen de connaissance supérieure et vraiment religieuse, par ce qu'il appelait l'intuition intellectuelle. Le Socrate de M. Paul Valéry se met, si l'on peut dire, à faire du Schelling éperdument, et à professer qu'on ne cherche pas utilement Dieu dans les seules pensées, mais qu'on a plus de chance de le trouver dans les actes, notamment dans l'imitation de son acte essentiel, c'est-à-dire dans l'art, qui est ce qui ressemble le plus à la création divine, puisque l'artiste serait Dieu pour son ouvrage, si celui-ci était conscient. Et cela non plus ne me persuade pas. Je crois bien qu'il y a du divin immanent dans le génie de l'artiste et dans ses chefs-d'œuvre, dont la contemplation nous le laisse entrevoir, mais plus mêlé que dans la pensée pure et la recherche de la vérité en soi. Ce qu'il y a de plausible dans cette métaphysique ou religion esthétique, c'est que l'art étant beaucoup plus avancé que la science ou philosophie (laquelle ne s'achèvera probablement jamais, certainement jamais d'après les sceptiques et les criticistes), il est prudent de ne pas lâcher la proie de la connaissance artistique, approximative, mais tangible et délectable, pour l'ombre d'une connaissance pleinement intellectuelle et qui serait parfaite, mais qui nous fuit. La supériorité de l'art, ce n'est pas une victoire, c'est un pis-aller, — avec de larges compensations.

Je ne puis vous dissimuler que le volume de M. Paul Valéry est d'une lecture un peu difficile (vous ne l'avez peut-être que trop deviné à travers ce compte rendu). Mais c'est un livre d'une élévation, d'une richesse et d'une beauté qui valent bien quelque effort. Il en faut toujours pour l'ascension des cimes ; on est payé par la pureté de l'atmosphère et la grandeur du spectacle.

VII

VARIÉTÉ

M. Paul Valéry, grand poète et profond essayiste, réunit en un volume, qu'il intitule *Variété*, quelques études critiques, en prose, d'abord parues sous diverses formes, et dont je vous ai déjà signalé la plupart. Quelques-unes, nouvelles pour nous, seront lues avec un intérêt de curiosité supérieur à celui qu'excitent les meilleurs romans ; et peut-être ne fera-t-on guère moins de découvertes en relisant les autres. Lecture parfois un peu difficile, j'en conviens ; mais le fonds est riche, et l'effort toujours récompensé.

La *Crise de l'esprit* a été insérée en 1919, en anglais, dans l'*Athanæum* de Londres, et complétée par une conférence sur le même sujet, faite en 1922 à l'université de Zurich : car la renommée de M. Paul Valéry, quoique relativement récente, a déjà passé nos frontières... Cette crise de l'esprit dont il s'inquiète, c'est celle qui résulte de la guerre de 1914. Nous savons maintenant que nos civilisations sont mortelles. Nous savions, théoriquement, que des civilisations antiques étaient mortes : Elam, Ninive, Babylone. Nous avons eu la sensation directe de cette fragilité, et que la nôtre n'y échappe pas. Ce qui ajoute au scandale, c'est que des mérites certains ont amené cet affreux péril. « Les grandes vertus des peuples allemands ont engendré plus de maux que l'oisiveté jamais n'a créé de vices... Il a fallu, sans doute, beaucoup de science pour tuer tant d'hommes, dissiper tant de biens, anéantir tant de villes en si peu de temps ; mais il a fallu non moins de *qualités morales*. Savoir et Devoir, êtes-vous suspects ? » Peut-être objecterez-vous que si « le travail consciencieux, l'instruction la plus solide, la discipline et l'application la plus sérieuse » existaient, en effet, chez le peuple allemand, et si ce sont bien là des qualités morales, une moralité plus complète aurait interdit de les « adapter à d'épouvantables desseins ». Je le crois, et même qu'une intelligence plus lucide y eût suffi. M. Paul Valéry l'accorderait peut-être, mais si la paix entre peuples civilisés est leur plus sûr intérêt et leur premier devoir, cette conception n'en a pas moins été flétrie sous le nom de pacifisme par les prêcheurs d'autres vertus qu'ils proclamaient plus hautes *(über alles)*. De sorte que c'est bien par bonne volonté et moralité convaincue que les peuples ont pu mettre la civilisation en péril de mort, et la remarque de M. Paul Valéry subsiste.

Maintenant, lui que « les choses du monde n'intéressent que par rapport à l'intellect » — et ce qui m'étonne toujours, quant à moi, c'est qu'on puisse s'y intéresser à d'autres points de vue — il se demande si, après ce terrible ébranlement, l'Europe conservera sa prééminence. La science, née en Grèce, a été développe par l'Europe, et par elle exclusivement ; d'autres peuples ont eu des arts, mais seulement des embryons de science, jamais le véritable esprit scientifique. De là cette supériorité qui assurait à la petite Europe l'hégémonie de la planète. Mais si la science est en soi désintéressée, elle comporte des bénéfices pratiques qui la rendent partout enviable et en déterminent la diffusion mondiale. Les autres parties du monde, qui ont sur nous un tel avantage numérique, ne vont-elles pas retourner contre nous les armes que notre science leur fournit ? L'espoir de M. Paul Valéry est que cette science diffusée et peut-être dégradée ailleurs forme ici ces espèces de précipités qu'en chimie intellectuelle on appelle les génies, lesquels peuvent rétablir l'équilibre et s'opposer au mal. J'ajouterai que le phénomène planétaire qu'il signale était inévitable ; que l'Europe garde l'avance ; et qu'il n'est pas nécessaire qu'elle garde aussi la supériorité de la force, si la civilisation se répand assez pour faire reconnaître que la force ne réalise pas la véritable supériorité.

Enfin, M. Paul Valéry définit l'esprit européen — qui s'est annexé l'Amérique — par les trois influences de Rome, du christianisme et de la Grèce, cette dernière étant pour lui la plus importante des trois. J'ajouterai même qu'elle est à mon avis la seule décisive, attendu que si les deux autres ont joué un rôle historique assurément considérable, Rome n'a été intellectuellement que le reflet d'Athènes, la vulgarisatrice du génie grec, et le christianisme, d'origine d'ailleurs asiatique, a plutôt agi sur les masses que sur les grands esprits, dont la plupart ont échappé à son action depuis la Renaissance ; sans compter que l'antiquité grecque et latine, n'étant pas chrétienne, et pour cause, ne serait donc pas européenne. Au surplus, Valéry convient discrètement que certains bons Européens n'ont reçu qu'une ou deux de ces empreintes.

Mais il en faut au moins une. Il n'existe, au fond, que deux religions ou, si vous préférez, deux cultures : la chrétienne, et la grecque, celle-ci ne consistant pas dans la croyance littérale aux dieux de l'Olympe, mais dans le culte de la raison. L'autre, fondée sur la foi, s'est néanmoins approprié quelques résidus de sa devancière. Passe encore pour les bons frères de donner un enseignement moderne, ou primaire supérieur (ce sont des synonymes) ; ils sont même assez logiquement fidèles à leur principe et restent en quelque mesure des éducateurs. Mais M. Ferdinand Brunot, à la fois libre-penseur et antihumaniste, détruit tout par cette monstrueuse contradiction, et ne conserve pas la moindre position de retraite. Il ne sauve même pas la face ! Qui n'est ni grec, ni chrétien, est barbare, et n'a plus rien pour masquer sa barbarie.

Valéry est tout grec. Ce n'est point, comme l'a cru M. Pierre Lièvre, par faiblesse pour un lieu commun de rhétorique qu'il a fait parler Socrate dans son admirable dialogue platonicien d'*Eupalinos*. C'est également par affinité naturelle qu'il a élu pour héros de sa pensée un homme de la Renaissance, de tous peut-être le plus grand et le plus représentatif, Léonard de Vinci. De là aussi son humeur contre Pascal, qui n'a pas toujours été bien interprétée. Il va de soi que Valéry, pas plus que Voltaire, ne conteste le génie de Pascal : il le tient pour « l'une des plus fortes intelligences qui aient paru », ce qui est pour lui le suprême éloge. Mais évidemment, il ne l'aime pas. On sait comment il en parle au cours de la « Note et digression » qui ouvre, dans l'édition de

1919, l'*Introduction à la méthode de Léonard de Vinci*, laquelle est de 1894 (le tout étant reproduit dans *Variété)* : « Il (Léonard) ne connaît pas le moins du monde cette opposition si grosse et si mal définie que devait, trois demi-siècles après lui, dénoncer entre l'esprit de finesse et l'esprit de géométrie, un homme entièrement insensible aux arts, qui ne pouvait imaginer cette jonction délicate, mais naturelle, de dons distincts ; qui pensait que la peinture est vanité ; que la vraie éloquence se moque de l'éloquence ; qui nous embarque dans un pari où il engloutit toute finesse et toute géométrie ; et qui ayant changé sa neuve lampe contre une vieille, se perd à coudre des papiers dans ses poches, quand c'était l'heure de donner à la France la gloire du calcul de l'infini. Pas de révélation pour Léonard. Pas d'abîme ouvert à sa droite. Un abîme le ferait songer à un pont. Un abîme pourrait servir aux essais de quelque grand oiseau mécanique... » [1]

A ce propos, Valéry, accusé de germanisme par d'autres censeurs, l'a été de chauvinisme. Qu'importe, a-t-on dit, que Pascal n'ait pas devancé Newton et Leibnitz ? Le monde n'y a finalement rien perdu... Mais d'abord, sait-on si Leibnitz et Newton,

1. J'ai déjà fait cette citation. Mais on ne s'en pénètrera jamais trop.

trouvant ce travail fait, n'auraient pas consacré leur activité à d'autres exploits ? Il y a eu du temps et des forces perdues sans aucun doute. Et puis, je comprends qu'on soit chauvin de cette façon-là, et qu'en songeant aux grandes œuvres accomplies par des artistes ou des savants de France on se sente fier d'être Français. Il me semble même que c'est la meilleure raison de ressentir cette légitime fierté, s'il est vrai que la grandeur qui surpasse toutes les autres est celle de l'esprit... On ajoute qu'à défaut du calcul de l'infini, Pascal nous a donné les *Pensées*, que lui seul pouvait écrire. Mais avec d'autres dispositions il nous eût donné d'autres *Pensées*, tout aussi belles, et peut-être plus justes. La stérilisation de son génie scientifique n'était pas indispensable à son génie littéraire ; tant s'en faut, qu'ils eussent tous deux gagné, en se nourrissant l'un l'autre, à être exercés concurremment et pour ainsi dire menés de front.

Valéry est revenu à Pascal dans des réflexions sur le « silence éternel des espaces », publiées dans la *Revue hebdomadaire* à l'occasion du troisième centenaire, et qu'il reproduit dans le présent volume. Valéry s'insurge contre ce silence et cet effroi : il rappelle l'harmonie des sphères, de Pythagore, et le *Cœli enarrant gloriam Dei*, du psalmiste. Devant les espaces infinis, le cœur du croyant trouve et invoque Dieu : l'esprit du savant cherche et construit la science. L'effroi de Pascal paraît même à Valéry un peu artificiel, affecté, ou du moins outré dans l'expression. Sur ce point, je ne serai pas tout à fait de son avis. Je crois le sentiment de Pascal maladif, mais sincère. « Une phrase bien accordée exclut la renonciation totale, objecte Valéry : une détresse qui écrit bien n'est pas si achevée... » Mais d'abord un Pascal ne pouvait mal écrire. Ensuite, la qualité de son style avait pour lui cette excuse, et même cette raison d'être, de servir au bien des âmes. N'oublions pas que c'est un apôtre, un apologiste. Et d'ailleurs cet effroi non simulé, selon moi, est d'inspiration religieuse aussi. La terreur ne convient pas moins que la confiance à un croyant, pour qui Dieu est un père céleste, sans doute, mais également un justicier.

« Il (Pascal) a exagéré affreusement, grossièrement, l'opposition de la connaissance et du salut, puisqu'on voyait dans le même siècle de savantes personnes qui ne faisaient pas moins bien leur salut, je pense, que lui le sien, mais qui n'en faisaient point souffrir les sciences. Il y avait Cavalieri, qui s'essayait aux indivisibles ; il y avait ce Saccheri, qui soupçonnait, sans se l'avouer, ce qu'il y a de convenu dans Euclide et entrouvrait une porte à bien des audaces futures de la géométrie. Ce n'étaient, il est vrai, que des jésuites. » Il n'est donc pas sûr qu'ils fissent aussi bien leur salut, ou du moins un janséniste ne le pensait point. Voyons franchement les choses, et tâchons d'aller au fond. Pascal n'a pas inventé l'opposition entre le salut et la connaissance ; la *libido sciendi* n'est pas une de ses visions personnelles ; on la trouve dans l'*Imitation*, dans les Pères, et chez l'apôtre Jean. L'ascétisme intégral, c'est-à-dire aussi l'ascétisme intellectuel, et non pas seulement celui de la chair, résulte des principes du christianisme, logiquement déduits. *Unum est necessarium* ! et ce n'est pas plus la science ou l'art que n'importe quelle autre chose de la terre, mais l'amour et le service de Dieu. Tout n'est ici-bas que vanités, pour qui ne songe qu'à la vie éternelle. Il y a des chrétiens tièdes et opportunistes, que l'Église ne condamne pas absolument, parce qu'il faut bien faire quelques concessions à la faiblesse humaine et aux besoins pratiques. Mais ce n'est pas à Pascal personnellement qu'il faut s'en prendre : il n'a fait qu'appliquer intrépidement les préceptes de renoncement total que lui imposait sa foi : il est le chrétien logique, le chrétien complet...

Je voudrais examiner chaque partie de ce volume, dont il n'est pas un morceau qui ne puisse induire en longues méditations. La place me fait défaut. Partout éclate l'intellectualisme de Valéry, non moins ardent et intransigeant que l'ascétisme de Pascal.

D'où sa ferveur pour Léonard, cet Apollon qui repousse le mystère, et dont le miracle est d'éclaircir : supérieur aux monstres, encore plus que leur vainqueur, et qui leur signifie qu'il n'est pas sur eux de triomphe plus achevé que de les comprendre. « Est-il meilleure marque d'un pouvoir authentique et légitime que de s'exercer sans voile ? » La Muse n'exige pas le *sacrifizio dell' intelletto* : elle aurait horreur d'une si abominable mutilation. L'art et la science ne s'opposent point : ils ont le même principe, qui est de saisir les analogies et de dégager la continuité. C'est en quoi consiste la méthode de Vinci. Un autre héros de Valéry est Edgar Poe, poète intellectuel, conscient, lucide et constructif, qui dans son *Eurêka*, a édifié une cosmogonie ingénieuse, quoique fabuleuse comme elles sont toutes forcément, l'idée de commencement et le concept même d'univers n'étant que des mythes, d'après Valéry, dont la dialectique s'amuse ici magistralement, comme celle de Platon dans le *Parménide*.

Je n'insiste pas sur les chapitres où s'expose la poétique de Valéry, vous en ayant entretenus à propos de ses poèmes. Je vous en ai assez dit pour n'avoir pas à souligner l'erreur de M. Albert Thibaudet, qui dans une étude d'ailleurs fort laudative et abondante en pages remarquables, quoique parfois obscures, compose à ce poète intellectualiste une figure bergsonienne. Quant aux attaques de M. Alfred Droin et de M. Pierre Lièvre, je les mentionne à titre documentaire : il est bien naturel que Valéry ne soit pas compris de tout le monde, et puisque certains s'en expliquent franchement, rien ne manque plus à sa gloire.

VIII

FRAGMENTS SUR MALLARMÉ ET SITUATION DE BAUDELAIRE

Qu'est-il advenu du grand œuvre de Mallarmé ? Devons-nous admettre que ses poèmes édités, ou certains d'entre eux, en constituent des fragments, qui s'en seraient détachés comme les planètes de la nébuleuse primitive, selon Laplace, ou n'aurions-nous de lui que des cartes de visite et des feuilles d'album ? En 1885, dans une lettre à Verlaine, il range dans cette dernière classe tout ce qu'il avait publié jusque-là, mais pour l'avenir il esquisse d'autres promesses : « ... Cela me possède et je réussirai peut-être, non pas à faire cet ouvrage dans son ensemble (il faudrait être je ne sais qui pour cela !) mais à en montrer un fragment d'exécuté, à en faire scintiller par une place l'authenticité glorieuse, en indiquant le reste tout entier, auquel ne suffit pas une vie. Prouver par les portions faites que ce livre existe, et que j'ai connu ce que je n'aurai pu accomplir. » Quels poèmes pourraient passer pour des échantillons du grand œuvre ? Non pas *Hérodiade*, sans doute, ni l'*Après-midi d'un faune*, dont l'ébauche date de Tournon ; peut-être la *Prose pour des Esseintes*, le *Tombeau d'Edgar Poe*, le *Coup de dés*... Mais il faudrait une chronologie exacte, qu'un jeune docteur de Sorbonne nous donnera certainement un jour, avec une édition critique de Mallarmé.

Pour le surplus, M. Paul Valéry nous laisse peu d'espoir. Dans ses précieux *Fragments sur Mallarmé*, il raconte une entrevue qu'il eut avec le poète, son maître et son ami, qui voulut lui montrer, à lui avant tout autre, le manuscrit du *Coup de dés*, où les mots sont disséminés sur les pages comme les constellations dans le ciel. « Je crois bien, dit M. Paul Valéry, que je suis le premier homme qui ait vu cet ouvrage extraordinaire. A peine l'eut-il achevé, Mallarmé me pria de venir chez lui ; il m'introduisit dans sa chambre de la rue de Rome, où derrière une antique tapisserie reposèrent jusqu'à sa mort, signal donné par lui de leur destruction, les paquets de ses notes, le secret matériel de son grand œuvre inaccompli. » A-t-on vraiment détruit tout cela ? « Il ne voyait à l'univers, dit encore M. Paul Valéry, d'autre destinée concevable que d'être finalement *exprimé*. On pourrait dire qu'il plaçait le Verbe non point au commencement, mais à la fin dernière de toute chose. » En quoi il s'accordait avec Hegel, Flaubert et Renan. On lui doit « la tentative la plus audacieuse et la plus suivie qui ait jamais été faite pour surmonter, ajoute M. Valéry, ce que je nommerai l'*intuition naïve* en littérature... Ce sont des corps glorieux que les corps de ses pensées : ils sont subtils et incorruptibles ». Mallarmé était donc un grand intellectualiste, quoi qu'en pense un autre de ses disciples, M. Jean Royère. Mais on conçoit que sa philosophie ne lui facilitât pas l'exécution du Livre rêvé. On a raillé Hegel, pour qui toute l'évolution de l'univers semble aboutir à l'hégélianisme. Mallarmé n'aura point écrit le Livre, par discrétion, pour laisser à l'univers quelque liberté ultérieure...

M. Paul Valéry a publié récemment plusieurs autres opuscules, et d'abord une *Situation de Baudelaire*, à qui il reconnaît le mérite d'avoir imposé la poésie française hors des frontières de la nation. « La Fontaine paraît insipide aux étrangers. Racine leur est interdit... Victor Hugo lui-même n'a guère été répandu hors de France que par ses romans. » Plaignons ces étrangers, qui méconnaissent nos grands poètes! Gardons-nous de leur donner raison, comme certains snobs qui les sacrifient cavalièrement aux Anglais ! La poésie française n'est inégale à aucune autre, et les progrès de la culture en Europe se mesureront au nombre de lecteurs étrangers capables de s'en rendre compte. Valéry me semble un peu pessimiste, et trop baudelairien. N'oublions pas qu'on traduisait Racine à Weimar, ni que Swinburne, admirateur de Baudelaire en effet, était un hugolâtre...

« C'est une circonstance exceptionnelle qu'une intelligence critique associée à la vertu de poésie. Baudelaire doit à cette rare alliance une découverte capitale », à savoir celle d'Edgar Poe. Il me paraît que ni La Fontaine, ni Racine (à en juger par ses préfaces), ni Hugo, qui a (comme d'autres) ses partis pris mais qui nous a donné l'admirable *William Shakespeare*, n'ont manqué d'intelligence critique, et que Baudelaire n'en a ni le monopole, ni l'étrenne. Cette intelligence critique de Baudelaire, très réelle, se limite aux questions d'art, et ne s'étend guère au domaine philosophique, où un Victor Hugo, un Lamartine, un Vigny, un Leconte de Lisle l'emportent sur lui de très loin. Quant à sa réaction contre le romantisme, et à celle de Gautier, de Leconte de Lisle et de Flaubert, en quête d' « une substance plus solide et d'une forme plus savante et plus pure », elle est incontestable, mais s'opposait au subjectivisme excessif et aux improvisations négligées de Lamartine et de Musset, non point à Victor Hugo, que l'on continuait de révérer comme le maître des maîtres, et que Baudelaire lui-même honorait habituellement, au moins en public, quitte à le dénigrer sournoisement par ailleurs.

D'ailleurs, Valéry partage l'admiration unanime des poètes pour Victor Hugo, dont l'art et le génie n'ont cessé de grandir et de se fortifier : « ... Quels vers prodigieux, quels vers auxquels aucuns vers ne se comparent en étendue, en organisation intérieure, en résonance, en plénitude, n'a-t-il pas écrits dans la dernière période de sa vie ! Dans la *Corde d'airain*, dans *Dieu*, dans la *Fin de Satan*, dans la pièce sur la mort de Gautier, l'artiste septuagénaire, qui a vu mourir tous ses émules, qui a pu voir naître de soi toute une génération de poètes, et même profiter des enseignements inappréciables que le disciple donnerait au maître si le maître durait, le vieillard très illustre atteint le plus haut point de la puissance poétique et de la noble science du versificateur. » En revanche, Valéry accorde qu'il y a chez Baudelaire bien des faiblesses et des inepties, parmi de grandes et originales beautés, que personne ne conteste. Je suis seulement un peu surpris que l'éthique de Baudelaire, et son mysticisme, en somme si vulgaire et idolâtrique, qui ne permettaient plus à Moréas de le relire sans « un malaise physique », n'incommodent pas davantage un grand intellectuel de tradition grecque comme Valéry. Quant à la théorie de la poésie pure, et du poème obligatoirement bref, que Baudelaire empruntait à Poe sans toujours le citer et en évitant de traduire l'essai sur *The poetic principle*, elle vaut comme enseignement positif et a donné toute une floraison magnifique, mais je crois qu'elle n'a pas prononcé d'exclusive qui soit sans appel, et que ni l'épopée, ni même le poème didactique, ni Homère, ni Lucrèce, n'en sont irrémédiablement atteints. Il y a du didactisme dans toute œuvre de l'esprit, même chez Poe et chez Baudelaire, chez Mallarmé et chez Valéry. Et le *Corbeau* n'est-il pas quelque peu narratif ? En réalité, l'unité de l'esprit persiste sous toutes les formes, et sa plus haute image, la poésie, est forcément une synthèse.

Pour en finir aujourd'hui avec Baudelaire, dont la vogue est à son apogée et dont les éditions se multiplient (une des plus belles et des plus documentaires est celle que M. Jacques Crépet publie chez Conard), je vous signale, dans le volume intitulé *Intérieurs*, l'étude de M. Albert Thibaudet, qui insiste sur le parisianisme et le catholicisme des

Fleurs du mal, et certes avec éloge, à quoi nul ne fait d'objection, mais aussi avec les réserves nécessaires.

De Paul Valéry, voici, d'autre part, une réimpression de l'essai sur *Une conquête méthodique*, que l'on peut vraiment qualifier de prophétique si l'on songe que ces vues sur l'organisation allemande datent de 1897. Puis, dans le deuxième numéro de *Commerce*, une bien spirituelle *Lettre de Mme Emilie Teste*, car le héros de la célèbre *Soirée avec M. Teste* s'est marié, et l'impression qu'il produit sur sa femme fournit à Paul Valéry une petite merveille d'ironie hautement philosophique. Enfin je tiens à vous annoncer l'édition du type courant et portatif d'*Eupalinos*, ce chef-d'œuvre dont je vous ai longuement entretenus.

IX

RHUMBS

Un *rumb*, ou *rhumb*, c'est la « quantité angulaire comprise entre deux des trente-deux aires de vent de la boussole », d'après Littré, et il en cite un exemple tiré de Voiture, qui écrit *rhomb*. Le mot est ancien et international : l'orthographe seule varie d'une époque ou d'une langue à l'autre. Paul Valéry a employé ce terme de marine pour indiquer qu'à divers moments de sa pensée il a fait le point, et qu'il nous donne des extraits de son livre de bord. C'est un petit livre étonnamment substantiel et varié, délicieux par cette variété même et cette invitation au voyage, qu'on lit d'abord d'un trait, avec passion, pour y revenir ensuite et s'attarder longuement aux escales les plus révélatrices de cette odyssée intellectuelle.

Ce puissant esprit est capable de détente et de

flânerie, tout comme un autre, et même beaucoup mieux. S'il lui plaisait de se borner à l'impressionnisme, il n'y craindrait personne, et le prouve dans les premières pages du présent volume par de ravissants croquis de Gênes, de ses ruelles, de son grouillement populaire, de ses cloches : « Liquidement, avec une *liqueur* infinie tintent ces notes. La grave, les grêles — à tous les étages de l'espace, comme si l'air habité de toutes parts se grattait... s'épuçait, — se hérissait de sons qu'il s'est trouvés... » Et quelle jolie page d'humour pittoresque sur un obscur et secourable petit café, qui doit être d'Italie aussi, mais plutôt de Florence ou de Rome, puisque avec soulagement Valéry s'y proclame « libre enfin des musées ». Enfin seul, devant une glace au citron, servie par un « penseur gras et mal rasé » pour qui le voyageur se sent « client abstrait, essence de client ». Valéry aime la méditation solitaire, umbratile, il n'aime pas les musées. Il dit : « Les collections, contraires à l'esprit : le harem à l'amour... Une assemblée d'objets exceptionnels, une foule de *singuliers* ne peut plaire qu'à des marchands... » Oui, mais l'inconvénient de ces assemblages hétéroclites est surtout pour le touriste pressé, qui d'autre part y trouve l'avantage de gagner bien du temps. Dans une ville où l'on réside, rien n'empêche d'aller fréquemment au musée, et de n'y rendre visite chaque fois qu'à un seul artiste, ou même à un seul ouvrage. Le musée est un mal nécessaire et une grande commodité. En principe, chaque œuvre d'art doit faire partie d'un ensemble architectural ou décoratif et rester dans son cadre. Mais il faut alors des années pour tout voir. D'ailleurs, cette localisation n'était guère possible qu'avec la fresque. L'invention de la peinture à l'huile et la multiplication des tableaux de chevalet transforment nécessairement en musées même les galeries particulières, comme l'accroissement des littératures surcharge aussi les bibliothèques privées. Nous vivons et nos descendants vivront de plus en plus dans des capharnaüms. Mais le moyen de renoncer à rien de tout cela ? Et l'on peut classer, tout en conservant. Valéry reculerait certainement devant la table rase futuriste. L' « ennui prodigieux des choses d'art » ne vient que de l'abus et de la vulgarisation. Il faut de l'art en son lieu, pour les grandes occasions, si l'on peut dire, et de la simplicité pour tout le surplus.

Valéry n'adore aucune idole et pas davantage celle de la nature. Il la peint à merveille quand il veut. Quoi de plus joli, ici, que ces feuilles d'arbre dans le vent : « Le bruit d'un sablier, d'un passage, l'envie et la peur de partir, — mille petits mouchoirs verts agités. » Mais il sait choisir et n'est pas dupe. « Erreur ridicule de Rousseau : — Prendre pour vérité une envie d'aller aux champs... Celui qui, enchaîné à la ville, désire l'arbre et l'odeur des terres — il appelle *Nature* la campagne. Mais il y a d'atroces campagnes.... L'imagination du désir ne voit jamais qu'un coin, — un *fragment favorable* des choses... Qui voit tout ne désire rien et tremble de bouger. » D'une cellule de quelques pieds carrés, la pensée humaine embrasse le monde. Et l'on ne conçoit Dieu, c'est-à-dire la pensée de la pensée d'après Aristote, que comme nécessairement immobile et immuable. Plus loin Valéry raille la manie de « découvrir la nature tous les trente ans », et prononce : « Il n'y a pas de nature. Ou plutôt ce qu'on croit être *donné* est toujours une fabrication plus ou moins ancienne. Il y a un pouvoir excitant dans l'idée de revenir au contact de la chose vierge. On imagine qu'il y a de telles virginités. Mais la mer, les arbres, les soleils — et surtout l'œil humain — tout est artifice. » Voltaire disait déjà : « Tout est art. » (Rappelons que nos pères ne faisaient presque pas de liaisons, quoi qu'on en pense à la Comédie-Française.) Cette vue est encore plus juste dans la théorie de l'évolution que dans l'hypothèse créationniste. Le monde, en tout cas, est très vieux et très composite. Cette idéale virginité ne se trouverait que dans les Idées au sens platonicien, lesquelles demeurent éternellement jeunes. Mais dans la mesure où nous les admettons aujourd'hui, elles ne sont qu'une mythification de la pensée pure — où il faut toujours revenir.

« Prendre pour vérité une envie », voilà qui était commun même avant Rousseau et qui ne s'applique pas seulement aux villégiatures. « L'espoir, dit Valéry, méfiance réflexe à l'égard de nos prévisions. Heureuse méfiance. L'espoir est un scepticisme... On se réfugie dans ce qu'on ignore. On s'y cache de ce qu'on sait... L'espoir est l'acte intime qui crée de l'ignorance, change le mur en nuage, — et il n'y a point de sceptique, de pyrrhonien si destructeur de raisonnements, de raison, de probabilité, et d'évidences, que l'est ce forcené démon de l'espoir. » Valéry constate, avec une pitié douce. Quant à lui, il n'estime que le sûr et le précis. Il trouve que « vérité, beauté — ce sont là des notions très anciennes qui ne répondent plus à la précision exigible ». Les opinions courantes se caractérisent pour lui par le vague, qui permet d'en changer aisément, soit en l'avouant, soit en se prétendant fidèle, mais en « expliquant son vote ». Il écrit (et le début de ce précieux aphorisme m'a fait penser au Chef des Odeurs suaves de *Salammbô*) : « Dans toute société paraît un homme préposé aux Choses Vagues. Il les distille, les ordonne, les pare de règlements, de méthodes, d'imitations, de pompes, de symboles... C'est le prêtre, le mage, le poète, le maître des cérémonies intimes ; — encore le démagogue et le héros. Ils construisent de vapeurs des édifices qui ne sont pas solides, mais en revanche qui sont éternels. Toute attaque les dissipe, nulle ne les détruit. » Schopenhauer ou Renan n'eussent pas dénoncé avec plus de force ni d'esprit l'éternelle illusion. Et il y a dans la forme une spirituelle âpreté à la Chamfort, avec une ironie pittoresque à la Flaubert.

Mais Valéry est peut-être, avec M. Emile Meyerson, celui qui aura le plus fortement insisté sur l'opposition de la science au sens commun, dont elle a déjà « ruiné la bonne conscience », d'après l'auteur de *Rhumbs*. Il considère que le sens commun et le bon sens « ne conservent leur crédit que dans les terrains vagues », que la science « a contraint les esprits à s'attendre toujours à des surprises dans tous les domaines où le langage et les discours ne font pas tout ». C'est pourquoi il appelle la science « l'Inhumaine », c'est-à-dire la hache des vieilles conceptions anthropomorphiques. Cette lutte s'est particulièrement affirmée avec les théories d'Einstein, auxquelles Pierre Duhem a fait (vainement) l'objection du bon sens, qui « n'est que le recul d'un homme devant l'inhumain », déclare Valéry. Il ajoute : « C'est que l'écart commence à devenir sensible entre le dictionnaire de l'usage et la table des idées nettes. » Et sur ce point, il conclut : « Voici venir le crépuscule du Vague et s'apprêter le règne de l'Inhumain qui naîtra de la netteté, de la rigueur et de la pureté dans les choses humaines. » Plus loin, il se moquera de la « profondeur », fausse ou même véritable, qui est une affaire de fabrication, et « cent fois plus facile à obtenir de soi que la rigueur ». Taine eût applaudi.

Dans un paragraphe intitulé « Aire chrétienne », cet amusant calembour résume une vue déjà ancienne sur les difficultés du christianisme à se répandre hors des limites de l'antique empire romain, mais Valéry apporte une explication très ingénieuse : « Le christianisme tient au pain et au vin. Le catholicisme les exige. Pain, vin, et la notion de *substance*. L'opération essentielle qui définit le catholicisme est le changement de *substance* de deux produits élaborés par l'industrie de l'homme... » (Voir le second volume de M. Pierre Lasserre sur la *Jeunesse de Renan*, ou le *Drame de la métaphysique chrétienne*.) Or, le blé et la vigne ne prospèrent pas sur toute la face de notre planète, ni l'idée de substance, « résultat d'une forme de méditation assujettie à certaines règles, elles-mêmes possibles dans certains types linguistiques, et non dans d'autres ». Valéry continue : « Tout ceci définit sur le globe une certaine région qui se dispose autour du bassin de la Méditerranée : région dont les limites sont celles de la vigne et du blé... Dans les empires du riz, des patates, des bananes, des cervoises, des laits aigres et de l'eau claire, le pain et le vin sont des produits exotiques, et l'acte sacramentel de saisir sur la table du repas ce qu'elle porte de plus simple pour en faire ce qu'il y a de plus auguste, n'est plus un acte accompli à même la vie... Les pays catholiques sont aussi les pays du meilleur pain et des meilleurs vins. » Ainsi il y a non seulement une histoire et une philologie, mais une géographie physique des religions.

Dans un autre chapitre, Valéry dira : « Le jugement d'un croyant sur la pensée d'un incroyant, et le jugement réciproque, ne comptent pas. » Entendez surtout qu'ils ne comptent pas pour celui qui formule le jugement contraire. « Un homme qui sent fortement la musique, et un homme qui n'en perçoit que du bruit, peuvent parler jusqu'à demain. » Mais c'est évidemment celui qui sent la musique qui a raison, encore qu'il ne puisse convaincre son adversaire. Auquel de ces deux interlocuteurs Valéry compare-t-il le croyant ? A celui qui sent la musique ? Non, sans doute, car le croyant et l'incroyant sentent chacun de son côté quelque chose que l'autre ne sent pas, et la plupart des incroyants ont passé par la foi, au moins dans leur enfance, et ont donc connu l'autre état d'âme, tandis que la plupart des croyants n'ont pas traversé l'incroyance ou ne l'ont pas approfondie et ne se la représentent pas. D'ailleurs, il ne s'agit pas pour Valéry de croire ou de sentir, mais de savoir. « Le débat religieux, poursuit-il, n'est plus entre religions, mais entre ceux qui croient que croire a une valeur quelconque, et les autres. » L'ironie sur les Choses Vagues reparaît encore un peu plus loin : « Notre insuffisance d'esprit est précisément le domaine des puissances du hasard, des dieux et du destin. Si nous avions réponse à tout — j'entends : réponse exacte — ces puissances n'existeraient point. » Et Valéry constate, comme tout le monde, que nos réponses justes sont rarissimes, la plupart faibles ou nulles. En esprit éminemment philosophique, il prononce : « Nous le sentons si bien que nous nous tournons à la fin contre nos questions. C'est par quoi il faut au contraire commencer. Il faut former en soi une question antérieure à toutes les autres, et qui leur demande à chacune ce qu'elle vaut. » La philosophie est avant tout une critique de la connaissance, et des candidatures à la connaissance, depuis les sceptiques grecs jusqu'à Kant et aux contemporains. Certains problèmes ne sont peut-être insolubles que parce qu'ils sont mal posés, ou même purement chimériques et qu'à proprement parler, ils ne se posent pas. L'inconnaissable n'est peut-être que le lieu imaginaire où il n'y a rien à connaître, parce qu'il n'y a rien. Les données du sens commun n'ont pas plus de valeur en métaphysique qu'en science positive. « Nos plus importantes pensées sont celles qui contredisent nos sentiments. »

Ces sujets abstraits, sur lesquels l'esprit aussi brillant que vigoureux de Valéry projette en se jouant tant d'agrément et de lumière, ne remplissent pas à beaucoup près tout ce petit volume, où l'on trouve la plus riche diversité, non seulement des impressions de voyage, comme je l'ai noté en commençant, mais de la psychologie, de brèves synthèses historiques (Napoléon, César, Frédéric, *hommes de lettres*), des réflexions morales dignes de La Rochefoucauld, par exemple sur le détour d'amour-propre qui méprise la louange, mais se fait de ce mépris un mérite supérieur à cette louange même, etc... Je ne puis tout citer. Devant le plus mince volume de Valéry, le critique souffre d'un embarras de richesses. Au fait, pourquoi cette humeur contre la critique ? Je pense que ce sera ma seule réserve. Valéry reproche à la critique de ne pas deviner dans quelles conditions une œuvre a été conçue, par exemple sous l'action d'une envie d'écrire, parce que le poète avait tracé par hasard des mots insignifiants dans un bureau de poste, ou ailleurs, et que son écriture lui avait plu. Mais cela est-il bien important ? « Critiques. Le plus sale roquet peut faire une blessure mortelle ; il suffit qu'il ait la rage. » Mais non ! Ces roquets existent, et ne mordent pas seulement les poètes, mais aussi, et souvent de préférence, d'autres critiques. S'il m'est permis de le dire, j'ai été moi-même beaucoup plus mordu que Valéry, qui n'a pas eu tant à se plaindre, et je ne m'en porte pas plus mal, ni moins gaiement. J'avoue même que cela m'amuse. J'ai cru parfois discerner — et c'est tout à l'honneur de Valéry — qu'il est surtout blessé par les outrages à des maîtres qu'il aime. Je le comprends. Mais quoi ? Que les roquets, enragés ou non, s'oublient au pied du socle, la statue n'en subsiste pas moins.

Toute une partie du recueil traite de littérature. On la lira naturellement avec une particulière attention. Valéry se moque du délire sacré ou prophétique, de la Pythie, qui représente l'inconscient, l'instinct, l'élan vital, c'est-à-dire le continu, mais est incapable de continuité, si bien que c'est l'intellect discontinu qui doit y pourvoir. Moins romantique sur cet article que Platon et que le célèbre texte du *Phèdre* sur l'inspiration, Valéry observe que dans ce qu'elle a de vraiment efficace et précieux elle n'est guère qu'un pseudonyme de l'intelligence. (Oui, pour une grande part : cependant, il y faut aussi le don, et tous les hommes intelligents ne sont pas poètes.) A propos de poésie, Valéry distingue les éléments purs et impurs, mais dans un tout autre sens que l'abbé Bremond, qui a loyalement reconnu le désaccord. *Impures* n'implique pas un blâme, dit Valéry, pas plus que lorsqu'on parle de métaux purs ou de corps simples. Mais, par coquetterie peut-être, ce grand penseur en vers considère la pensée comme moins importante en poésie que la beauté. Il est vrai qu'il est abondamment paré à cet autre point de vue (si tant est qu'il soit autre, et que les deux éléments soient foncièrement séparables, dont je doute). Je vous recommande une brève, mais bien pénétrante comparaison entre l'art classique et l'art moderne : « La littérature du dix-septième siècle est toujours adaptée à une compagnie. Elle n'est pas de l'homme seul... Le discours de Racine sort de la bouche d'une personne vivante, quoique toujours assez pompeuse... Au contraire chez Hugo, chez Mallarmé et quelques autres, paraît une sorte de tendance à former des discours non humains et, en quelque manière, *absolus*, — discours qui suggèrent je ne sais quel être indépendant de toute personne, — une divinité du langage, — qu'illumine la toute-puissance de l'ensemble des mots. C'est la faculté de parler qui parle ; et en parlant, s'enivre ; et ivre, danse. » On sait que Mallarmé est le maître préféré de Valéry. Ainsi la poésie suivrait la même direction que la science, deviendrait moins anthropomorphique, — et encourrait de plus en plus les objections du sens commun, c'est-à-dire du philistinisme infatué...

On arriverait ainsi, en poésie, à une sorte de relativité généralisée, c'est-à-dire à un absolu, comme vous savez. D'ailleurs, la beauté est d'autant plus impersonnelle qu'elle est plus haute, et pareillement la vérité à mesure qu'elle est plus exacte. C'est qu'elles atteignent alors l'essence même, ou qu'elles en approchent... A bien des égards, Valéry est platonicien. Son hellénisme foncier, et non pas de pure forme ni de parade, se révèle encore dans cette maxime : « J'aime la pensée comme d'autres aiment le nu, qu'ils dessineraient toute leur vie. Je la regarde ce qu'il y a de plus nu... » En effet, le costume n'est qu'anecdote et contingence. Ce rapprochement ne dévoile-t-il pas le fond même de la pensée grecque et de l'art grec ?

X

LE SERPENT

Voici une superbe édition du *Serpent* de Paul Valéry, illustrée de quinze compositions originales en lithographie par Jean Marchand, avec vingt-quatre bandeaux et sept culs-de-lampe dessinés et gravés au canif par Sonia Lewitska. Joie de relire le merveilleux poème dans ce volume de luxe, si artistement orné. Quelque janséniste dira que, malgré tout, ce qu'il y a de mieux, c'est encore le texte. J'en conviens, mais les beaux livres ont bien leur attrait. Ils ne deviennent ridicules que s'ils enchâssent un texte médiocre. Ici, il faut féliciter l'éditeur et les artistes qui ont donné cette éclatante parure à un chef-d'œuvre.

Le *Serpent* a paru d'abord en 1922, en plaquette séparée, aux éditions de la *Nouvelle Revue française*. Dans les deux éditions de *Charmes*, le titre est devenu : *Ebauche d'un serpent*. Les trois derniers vers de la dernière strophe primitive ont été changés ; une strophe supplémentaire et désormais finale a été ajoutée. La présente édition Eos a repris le titre de 1922, mais maintenu le texte de *Charmes*. Je vous ai déjà entretenus du *Serpent* et n'essayerai pas de vous en rien dire de nouveau. Dans la *Revue de Paris*, M. Henry Bidou écrit à ce sujet : « Je m'émerveille que M. Paul Valéry ait pu servir de prétexte à un débat sur la poésie pure : car ses vers sont surchargés de sens, et ce qui fait leur plus sûre beauté, c'est qu'ils suggèrent en quelques syllabes rythmées ce qu'une page de prose n'expliquerait pas... La concision du dessin, la vigueur de l'image sont admirables. Quelle peine si l'on voulait remettre en langage commun cette strophe aérienne !... On est contraint de transcrire en badigeon ce que le poète suggère d'un seul trait de diamant... » M. Henry Bidou est peut-être un critique, si M. le secrétaire perpétuel le permet [1] : avec la même permission, M. Albert Thibaudet en est peut-être un autre, qui a bien parlé aussi de ce *Serpent* dans son « Cahier vert » sur Paul Valéry. Mais il se pourrait que les critiques manquassent à la *Revue des Deux Mondes*, où l'on a pour la première fois imprimé le nom du poète de la *Jeune Parque* au lendemain de son élection à l'Académie française, et pour le comparer à Jean Aicard...

1. M. Victor Giraud avait été désigné un peu distraitement, à l'Académie, comme le seul critique d'aujourd'hui.

XI

ANALECTA

PAROLES DE CIRCONSTANCE

Le titre seul des *Analecta* de Paul Valéry est en latin : pour le surplus il n'y a que du français, et du meilleur. Ce titre rappelle le temps où le latin était la langue internationale du monde savant. L'adresse de l'éditeur rappelle celui où la Hollande servait de refuge aux penseurs trop hardis pour trouver la sécurité ailleurs. Aujourd'hui, Paul Valéry peut penser librement en France, s'y faire imprimer sans danger, et même entrer à l'Académie. S'il lui arrive de se rendre aux Pays-Bas, ce n'est que pour y faire des conférences et y voir des amis. Il en a beaucoups en ce pays, où le goût éclairé de l'esprit français est traditionnel, et il leur offre très légitimement la primeur de ces *Analecta*, qui sans doute reparaîtront plus tard pour le public de toutes les latitudes. M. Alexandre Stols, de la Haye, les a bien élégamment habillés. Certes, c'est le texte qui importe avant tout, mais les beaux ouvrages comportent la parure, comme les jolies femmes ; ils ont même cette chance de la garder sans déshabillage pour l'union plus intime dans la lecture et la réflexion. Pourquoi le plaisir des yeux n'accompagnerait-il pas celui de l'esprit ? Il y a des bibliophiles ridicules, qui collectionnent les livres rares comme des tabatières ; il y en a aussi qui les lisent, et la littérature trouve un bon serviteur dans cet art typographique des Alde et des Elzévir, des Barbin, des Bodoni et des Didot, où M. Alexandre Stols excelle. Ses notes marginales à l'encre rouge sont vraiment une trouvaille. (Je note pour les amateurs de menues curiosités qu'il a adopté la forme *Hagae Comitis*. Le Spinoza de Van Vloten et Land, édité par Martin Nijhoff, dans la même ville, porte *Hagae Comitum*. En français, nous tranchons la difficulté en disant simplement la Haye. On n'a jamais pu savoir si le mot hollandais *S'Gravenhage* signifiait la haie *du* comte ou *des* comtes.)

Dans un avant-propos, Paul Valéry explique que depuis trente ans, tous les matins, levé dès l'aube, il tient un journal de ses pensées. Ce sont des notes pour lui, prises en songeant qu' « après un temps incertain, une sorte de Jugement dernier appellera devant leur auteur l'ensemble de ces petites créatures mentales, pour remettre les unes au néant et construire au moyen des autres l'édifice de ce *qu'il a* voulu ». Il s'est décidé à en publier un certain nombre telles quelles, et la revision s'est bornée au choix, sans construction en règle. *Rhumbs* et le *Cahier B* se composaient déjà de prélèvements sur le même fonds, qu'on peut sans témérité supposer très riche. D'ailleurs, notre époque apprécie tout particulièrement les écrits de cette sorte. Nietzsche n'a guère donné autre chose. Renan et Sainte-Beuve préféraient les *Pensées* de Pascal telles que nous les avons à ce qu'il en eût pu faire, et j'ai autrefois vu là un doute injurieux pour son génie, mais son fanatisme les eût en effet probablement gâtées. Rien de pareil à craindre avec Valéry, et d'ailleurs son fertile esprit ne sera pas empêché d'utiliser autrement ces pensées-là ou d'en inventer d'autres, mais de toute façon l'on est heureux de posséder celles qu'il nous livre dans leur premier état.

Elles traitent de sujets divers, mais qui relèvent tous de ce que lui-même appelle ailleurs la « comédie de la connaissance ». C'est le lieu favori de ses méditations. Il s'attaque d'abord à la musique, dont il sent bien la séduction, mais contre laquelle il partage un peu la rancune de son maître Mallarmé, fidèle habitué des concerts Lamoureux, cependant soucieux de voir la poésie « reprendre à la musique son bien ». L'indétermination de la musique irrite Valéry, qui la compare satiriquement à un moyen mécanique d'excitation, et même à un « massage ». Il dit : « Entre l'Etre et le Connaître travaille la puissante et vaine Musique. » Vaine, puisque cet intermédiaire ne participe pleinement d'aucun des deux termes et ne les met pas vraiment en contact. Je crois aussi à la supériorité de la poésie, bien que j'aime passionnément la musique, mais j'ai toujours trouvé que cette dernière était philosophiquement très surfaite par Schopenhauer, et que loin d'exprimer l'être en soi, d'avoir une base et une signification transcendantes, elle était au contraire le plus sensoriel et sensuel des arts. Où je me séparerais un peu de Valéry, c'est sur le caractère purement mécanique qu'il attribue à son action. Par ce mécanisme et ce massage, qui définissent l'exécution musicale, se transmet la pensée ou le sentiment du compositeur, qui peut avoir du génie et être lui aussi un poète, quoique dans une langue moins précise.

Mais sur cette imprécision et ses abus, Valéry fait des remarques singulièrement fortes et d'une grande portée. « La musique, dit-il, est devenue par les Allemands l'appareil de jouissance métaphysique, l'agitateur et l'illusionniste, le grand moyen de déchaîner des tempêtes nulles et des abîmes vides. Le monde substitué, remplacé, multiplié, accéléré, creusé, illuminé — par un système de chatouilles sur un système nerveux, — comme un courant électrique donne un goût à la bouche, une fausse chaleur, etc. » Les prétendues lames de fond venues de l'inconscient ne sont que des impressions physiologiques. La musique est toute matérielle pour la plupart des auditeurs et auditrices à pâmoisons, qui ne savent y apercevoir l'élément intellectuel et constructif, d'ailleurs de plus en plus éliminé par les musiciens ultra-modernes. De même la poésie pure de M. l'abbé Bremond, avec son fluide, et tout le mysticisme, et toute une part de la littérature contemporaine, voire de la philosophie, qui ne reprennent pas leur bien à la musique, mais abdiquent leurs propriétés et leur dignité en l'imitant servilement, c'est-à-dire en renonçant à l'intelligence, pour viser aux nerfs. « Ce qu'il y a d'excitant dans les idées n'est pas idées, dit Valéry ; c'est ce qui n'est point pensé, ce qui est naissant et non né, qui excite. Il faut donc des mots avec lesquels on n'en puisse jamais finir — et qui ne soient jamais annulés par une représentation quelconque : *des mots musique...* »

Si belle et enivrante qu'elle soit, inoffensive, du reste, pour ceux qui savent la comprendre et discerner ses limites, la musique, du moins par les illusions qu'elle provoque, a exercé sur les lettres une influence qui ne valait pas celle des arts plastiques, forcément plus nets, et Léonard avait bien raison de considérer l'œil comme le plus intellectuel des sens. Sait-on que Valéry, à qui aucune province de l'art n'est étrangère, ni aucune science non plus, dessine et fait de l'eau-forte à ses heures ? Ses brouillons manuscrits sont agrémentés de croquis — et d'équations. Le mépris de la science a concouru avec la déification de la musique à propager ces théories et ces pratiques belphégoriennes, comme dit M. Benda, qui ont dégradé tant d'œuvres littéraires actuelles, indignes du nom d'œuvres de l'esprit. Nul n'a plus puissamment combattu ce fléau, par la doctrine et par l'exemple, que Paul Valéry. Il a su prouver aux jeunes par ses merveilleux poèmes que l'intellectualisme n'excluait point la plus originale et la plus souveraine beauté. Il a porté des coups décisifs aux paradoxes contraires, en démasquant la réalité assez basse qui se cache sous ces prétentions mystagogiques.

Dans l'essai [1] sur *Tante Berthe* (Berthe Morizot,

1. Cet essai, qui avait d'abord servi de préface au catalogue d'une exposition d'œuvres de Berthe Morizot, est réimprimé dans le *Recueil de paroles de circonstance*.

dont il est devenu le neveu par alliance), il raille l'outrecuidante manie de cette vie purement intérieure « dont la matière mystérieuse n'est peut-être que l'obscure conscience des vicissitudes de la vie végétative, la résonance des incidents de l'existence viscérale ». Vous êtes excédé du refrain à la mode sur la profondeur, le moi profond... etc. ? Dans les *Analecta*, Valéry n'hésite pas à montrer que cet adjectif à toutes sauces équivaut généralement à « insignifiant » — l'obscurité est profonde, profond est le silence, donc « ce qui n'est pas est le profond de ce qui est » — et la profondeur, chère à tant d'esthètes, est « le lieu d'objets inconnus d'une connaissance inconnue ». *Chimaera bombinans in vacuo* ! Cette prétendue profondeur dernier cri n'est qu'une entité scolastique. Et voici pour le mysticisme : « L'être mystique est transformable directement en être immoral... Un mystique, un être capable d'aller en chantant aux supplices est par là même tout aussi capable d'aller au péché le plus noir, le plus délicieux, avec des larmes trop chaudes. » C'est ce que j'avais dit exactement, quoique moins bien, à propos de Baudelaire et de Dostoïevsky, avant d'avoir lu les *Analecta*. Il suffit, d'ailleurs, de se souvenir de certaines hérésies, dans la *Tentation de saint Antoine*.

Plusieurs aphorismes de Valéry auraient enchanté

Flaubert. « Chaque pensée est une exception à une règle générale qui est de ne pas penser... Le vague, l'hiatus, le contradictoire, le cercle — véritables constituants de tout et de chacun, substance la plus fréquente de chaque esprit... Il y a une bêtise à forme lente, une autre à forme rapide. Les uns se perdent dans leur cerveau. Les autres ne font que le traverser par le plus court... » Valéry ne souhaite rien plus ardemment que la révolution qui « remplacera l'ancien langage et les anciennes idées *vagues* par un langage et des idées nets. Mais, ajoute-t-il, peut-être le vague est indestructible... » Le vague fournit l'étoffe de l'*opinion*, c'est-à-dire de « la partie de nos pensées qui est provisoire, inétudiée, simpliste, résultant de la date, de la mode, de la classe de l'interlocuteur présent, du décor, de tout, excepté de la chose même qu'elle semble viser ». Dans Platon, l'opinion avait déjà mauvaise renommée et s'opposait à la science. « Lorsque l'homme est suffisamment et solidement sot, lorsqu'il ne se doute même pas des différences de valeurs logiques, qu'il ne sent pas l'escamotage des objections, qu'il confond des impressions primitives, naïves, avec l'authenticité, etc., l'opinion en lui se baptise *conviction*. » N'est-ce pas que cela eût arraché à l'auteur de *Bouvard et Pécuchet* un rugissement d'allégresse ?

Ces deux grands esprits ont la même horreur de la sensiblerie et du genre larmoyant. Du *si vis me flere* d'Horace, Valéry ne craint pas de dire : « C'est plus bête que faux. Je ne vois pas l'intérêt qu'il y a à pleurer... » Il évoque l'art olympien, apollinien, gœthien : « La vieille *beauté pure* tenait à honneur d'éviter les chemins des glandes. Elle laissait glander les porcs. Produire une espèce d'émotion qui ne trouvait pas sa glande ni haute ni basse, une émotion sans jus, sèche, c'était son affaire. » Car il y a une sensibilité intellectuelle, et il peut même arriver que cette pure sublimité tire des larmes, mais très différentes du type vulgaire.

« Personne en général n'était forcé de pleurer. Là où tout le monde *doit* pleurer, elle s'abstenait. Elle n'accablait que quelques-uns. Et tous les autres devaient se demander, sans pouvoir comprendre, pourquoi ceux-là pleuraient. » Par principe et par essence, l'intellect s'efforce « d'empêcher les effets de déborder infiniment les causes. Il est donc *contre* le système nerveux. Il en méprise la propriété essentielle qui est de donner de grands effets à de petites, très petites causes ». A bas le mélodrame, et tout ce qui y ressemble ! Valéry déconseille même l'indignation et l'enthousiasme : ce sont des « éléments d'erreur ».

Il dénonce comme Spinoza certains mirages, par

lesquels « l'homme s'imagine *exister* », et « cette naïve idée de se prendre pour un monde séparé, étant par soi-même ». D'où la croyance au libre arbitre, ainsi que l'a montré l'auteur de l'*Ethique*, par ignorance des causes. Et bien d'autres croyances non moins hyperboliquement égocentristes. « A l'homme monté, tendu, clair, en pleine vigueur, il semble impossible que le *même* puisse cesser d'être tel. Il croit. — Et voici la *foi* du type le plus simple. — Il croit que pour pouvoir perdre connaissance, pour mourir, il lui faudrait d'abord devenir un autre. »

Ce qui suit va droit contre les systèmes spiritualistes et plus ou moins pascaliens ou lamartiniens fondés sur nos misères et nos aspirations : « L'homme a tiré tout ce qui le fait *homme* des défectuosités de son système. L'insuffisance d'adaptation, les troubles de son accommodation, l'obligation de subir ce qu'il a appelé l'irrationnel. Il les a sacrés, il y a vu la mélancolie, l'indice d'un âge d'or disparu, ou le pressentiment de la divinité et la promesse. » Qu'y avait-il à conclure de ces faits ? La nécessité de l'effort pour mieux comprendre, pour construire et s'adapter. Folie de la voie contraire ! « Toute émotion, tout sentiment est une marque de défaut de construction et d'adaptation. » Et l'on s'enfonce, délibérément, au lieu de se dépêtrer. « Quelle étrange conséquence. La recherche de l'émotion, la fabrication de l'émotion : chercher à faire perdre la tête, à troubler, à renverser... » L'homme est un animal compliqué. « Il met l'amour sur un piédestal. La mort sur un autre. Sur le plus haut, il met ce qu'il ne sait pas et ne peut savoir, et qui n'a même pas de sens. »

Contre les phantasmes du subjectivisme, Valéry ne tarit pas. « L'homme dit au dieu : Il faut me détruire ou me satisfaire. Cette pensée lui semble si juste qu'il la fait dire par le dieu sous cette forme : Il faut me satisfaire ou être détruit... plus que détruit. » Avec la même ironie, servie par son expérience des valeurs scientifiques, sachant que lorsqu'un problème est vraiment résolu, la solution mène à d'autres découvertes, Valéry écrit : « L'existence de Dieu serait très fortifiée si on pouvait donner à Dieu d'autres emplois, et lui trouver d'autres aspects que ceux attenant à la Création. Mais on ne sait pas ce qu'il fait en dehors de nous, et c'est ce en quoi il ne nous touche en rien qui établirait son existence. » Le R. P. Gillet, dans un article de la *Revue universelle*, a voulu découvrir à toute force chez Valéry de l'angoisse métaphysique. Je n'en vois pas trace, pas plus que chez Spinoza ou chez Voltaire, qui l'a persiflée dans ses premières *Remarques sur Pascal*. Valéry n'a pas moins vigoureusement combattu sur ce point l'auteur des *Pensées* [1]. L'angoisse dont il a parlé comme l'éprouvant lui-même n'est que celle du chercheur, artiste ou savant. Aucun rapport.

Le R. P. Gillet argue aussi de certains passages où Valéry ironise sur la pensée même, un peu à la façon des sceptiques grecs ou de Platon dans le *Parménide*, et avec un sens analogue de ce que l'on peut appeler le comique philosophique. Il dira, par exemple : « Toute pensée étant de la nature d'une simulation, il en résulte que toute pensée pressée et poussée à l'extrême dans le sens de sa précision, tend à une contradiction. » Rappelez-vous les gaietés de la dialectique platonicienne ! Dans la pensée, il y a la chose qu'on pense, et la pensée même ; elle est donc « en même temps autre chose que soi », et, comme dit M. Teste : « Je suis étant, et me voyant ; me voyant me voir, et ainsi de suite. » Ces jeux de scepticisme transcendantal n'impliquent aucune angoisse ni le moindre retour à la foi. Pas davantage les fines plaisanteries de Valéry sur les philosophes professionnels. « Le réel ne peut s'exprimer que par l'absurde. N'est-ce pas toute la mystique et la moitié de la métaphysique que je viens d'écrire ? » Ce prétendu réel n'est-il pas une simple chimère ? L'inconnais-

1. Voir, dans *Variété*, l'*Introduction à Léonard de Vinci* et *Variations sur une « Pensée »*.

sable ne serait-il pas tel pour le meilleur des motifs : comme inexistant ? Des disputes de métaphysiciens, Valéry déclare qu' « elles ont le passionnant et les conséquences nulles d'une partie d'échecs ». Mais il ajoute : « Parfois il en ressort aussi qu'il ne faut pas jouer tel coup désormais. On se ferait battre. » La philosophie a dissipé bien des préjugés funestes. Négatif si l'on veut, c'est un progrès et un bienfait. Et la pensée ne dût-elle jamais étreindre tout le réel, elle n'en garderait pas moins son utilité comme notre unique boussole, et sa beauté intrinsèque, et sa supériorité sur ce fameux réel si celui-ci n'était qu'un indécrottable chaos, comme l'indiquerait sa résistance à l'ordre rationnel. C'est la réalité qui aurait tort, et la raison ne peut qu'avoir raison. Ne soyons pas rationalistes et idéalistes à demi !... Valéry l'est jusqu'au bout des *Analecta*, qui se terminent par une nouvelle défense antipascalienne du raisonnement contre le sentiment... Livre admirable et tonique, précieux élixir intellectuel, source de lumière et de joie, que je souhaite de voir mettre le plus tôt possible à la portée de tous !

XII

LA POÉSIE ET LA PENSÉE DE PAUL VALÉRY

A consulter la liste des ouvrages de Paul Valéry, on pourrait croire qu'ils se divisent en deux catégories bien tranchées : d'un côté la poésie, l'*Album de vers anciens*, *la Jeune Parque*, *Charmes (ou poèmes)*, de l'autre les essais, *Variété*, *Eupalinos*, *La Soirée avec M. Teste*, etc... C'est une vue superficielle de commis libraire ou de bibliographe rédigeant des fiches pour un catalogue.

Paul Valéry est avant tout un poète, un grand poète. D'ailleurs quiconque est vraiment poète l'est toujours avant tout. Certains prosateurs nés ont occasionnellement essayé d'écrire en vers. Fussent-ils même grands prosateurs, cela ne leur a pas réussi : exemple, Chateaubriand. Lorsque, par hasard, les poètes tâtent de la prose, ils s'en tirent brillamment : qui peut le plus peut le moins. Mais on retrouve dans leur prose des traces de leur don poétique. Voyez *Graziella*, *Notre-Dame de Paris*, etc... Voyez l'*Ame et la Danse* et *Eupalinos*... Ils se diversifient, et n'abdiquent pas.

Bien que certains d'entre eux aient composé des romans — qui ne ressemblent guère à ceux des romanciers de profession — lorsque les poètes viennent à la prose, le genre où les conduit un penchant naturel est le plus souvent l'essai. « Tous les grands poètes, a dit Baudelaire, deviennent naturellement, finalement critiques. Je plains les poètes que guide le seul instinct ; je les crois incomplets. Dans la vie spirituelle des premiers, une crise se fait infailliblement, où ils veulent raisonner leur art, découvrir les lois obscures en vertu desquelles ils ont produit... » Il leur arrive même de vouloir raisonner de tout, à bon droit, puisque leur art implique toute connaissance et toute raison. Nous parlons toujours des grands poètes et non des fades chanteurs de romances, ni de ceux qui se contentent de mettre en phrases mesurées et plus ou moins harmonieuses des lieux communs.

Si Paul Valéry est un profond essayiste, il a été précédé dans cette voie par Gœthe et par Hugo (*William Shakespeare*), par Vigny (dont le *Stello* n'est, comme la *Soirée avec M. Teste*, qu'un essai en forme narrative), par Leconte de Lisle (dont Brunetière admirait, à juste titre, les études sur les poètes contemporains), par Baudelaire, Edgar Poe,

Shelley, etc... Le cas est plus exceptionnel chez les poètes plus anciens, encore que Ronsard ait certainement collaboré à la *Défense et Illustration* de son ami Joachim du Bellay, qui d'ailleurs était lui-même un poète notable. Il est vrai que les modernes sont en général plus conscients, plus réfléchis, ou plus portés à faire part au public de leurs réflexions. Mais cette nouvelle mode a coïncidé précisément avec la renaissance du lyrisme. La poésie n'y a donc rien perdu, et cela prouve qu'elle ne consiste pas dans le pur instinct ni dans on ne sait quel illuminisme fluidique et ahuri.

L'œuvre de Paul Valéry se distingue entre toutes par son unité et sa cohésion. *Raphaël* et *Graziella* ont été fournis à Lamartine par des incidents fortuits de sa vie privée ; Vigny n'eût pas écrit *Servitude et Grandeur* s'il n'avait été militaire ; ni Hugo les *Travailleurs de la Mer* sans l'exil à Jersey et Guernesey. Tous les ouvrages de Valéry, vers ou prose, résultent d'une même nécessité intérieure, au moins virtuelle (car plusieurs ont été faits sur commande) ; ils sont tous soumis à la même direction logique et forment presque un système lié, comme notre monde solaire.

En pouvait-il être autrement, alors que le premier principe de Valéry, formulé dès l'*Introduction à la Méthode de Léonard de Vinci* (1894), nie la distance que l'on imagine entre l'art et la science et proclame les affinités profondes, le « fond commun » de ces travaux réputés si différents. Ayant à peine passé sa vingtième année, Valéry débutant s'affirmait déjà nettement intellectualiste. Il l'est resté dans sa maturité glorieuse. Oh ! l'on pense bien que ce n'est pas un rationaliste sec, et que nul n'est plus exempt que lui de cet affreux travers, trop répandu parmi les savants spécialisés, les professeurs, même de littérature, et les simples bourgeois. Les poèmes de Paul Valéry dénotent le grand intellectuel, et ses plus rigoureux essais révèlent le poète.

La *Jeune Parque* a les fraîches couleurs d'une idylle de Théocrite ou d'André Chénier, avec je ne sais quoi de dense et de scintillant qui n'appartient qu'à Valéry, et quelques-uns de ces cinq cents vers, dont pas un n'est faible, comptent parmi les plus beaux de la langue française. On peut, en somme, se laisser simplement ravir par cette beauté si rare et cette mélodie continue, en suivant le scenario (qui n'est pas si difficile à démêler) sans s'inquiéter du symbole. Certains ont fait à la *Jeune Parque* une réputation d'obscurité qu'elle ne mérite que jusqu'à un certain point. Dans les grandes lignes, on y distingue aisément l'histoire d'une jeune vierge, troublée par le désir, reculant devant la tentation, maudissant la vie par attachement à sa pureté première, en appelant même à la mort qui résoudrait tout, puis cédant finalement à la nature et à l'amour. C'est si l'on veut, une oaristys, du moins en rêve et en puissance ; il s'agit d'un monologue sans action. Mais c'est aussi un poème métaphysique, et cette *jeune Parque* représente évidemment quelque chose comme l'idée platonicienne ou l'être indéterminé de Hegel, hésitant devant la réalisation ou l'incarnation, qui ne peut que l'altérer et lui infliger une déchéance. Cette double interprétation possible, l'une ésotérique et manifeste pour l'initié, l'autre qui se suffit à la rigueur et contente le profane, c'est le symbolisme même, dont la poésie philosophique ne saurait se passer longtemps sans tomber dans le didactisme.

> Peuple altéré de moi suppliant que tu vives,
> Non, vous ne tiendrez pas de moi la vie !... Allez,
> Spectres !...
> Je n'accorderai pas la lumière à des ombres...

C'est, en surface, le débat entre l'attrait de l'amour et la crainte de faire naître des malheureux ; sauf la qualité de l'expression, l'on trouverait des choses analogues dans Sully-Prudhomme. En profondeur, c'est le conflit métaphysique entre le monde idéal et le funeste mirage que le vulgaire croit réel et considère même comme un bien. Valéry est-il pessimiste ? Assurément, en principe, et nul n'a été plus frappé de l'inéluctable imperfection de toute réalité, soit positive, ou même transcendante. Dans *Charmes*, le *Cimetière marin* accepte au moins théoriquement la doctrine des Eléates, d'après qui n'existe que l'Être unique et immuable, toute vie, tout changement et tout mouvement n'étant que chimère et illusion ridicule :

> Zénon ! Cruel Zénon ! Zénon d'Elée !
> M'as-tu percé de cette flèche ailée
> Qui vibre, vole, et qui ne vole pas ?
> Le son m'enfante et la flèche me tue.

Mais les Éléates adoraient cet Être unique et ne niaient que le surplus. L'*Ébauche d'un Serpent* va plus loin...

Ce n'est pas nous seulement qui devons nous pénétrer de notre néant. C'est dans tous les cas et à tous les étages que le non être est supérieur à l'être et qu'exister équivaut à déchoir. Contrairement à la preuve de saint Anselme, si Dieu est parfait, il n'existe pas. Le monde existe, au moins à nos yeux : c'est sa tare et sa condamnation. L'idéalisme a toujours répugné à cette pauvre chose, épaisse et bornée, qu'on appelle l'existence. A la limite, l'idéalisme absolu aboutit au nihilisme philosophique.

Ces jeux idéologiques, où se complait quiconque tient le *Parménide* de Platon pour l'un des livres les plus divertissants de la littérature universelle, ne suppriment aucune activité pratique.

Le vent se lève !... Il faut tenter de vivre !

Au contraire, l'intellectualisme, qui mène à ces thèses ou hypothèses transcendantales, devient la seule méthode vraiment sûre et féconde dans les deux grandes divisions du domaine positif, qui sont la science et l'art ou le connaître et le construire. Il n'y a de connaissance qu'intellectuelle ou rationnelle, puisque la mystique exclut toute démonstration et tout contrôle. L'intellectualisme constructif est seul capable d'édifier des œuvres esthétiques qui atteignent leur but, des maisons qui soient d'aplomb, et des civilisations qui ne s'écroulent pas, puisque tout cela est soumis à des conditions objectives qui ne peuvent être discernées que par l'intelligence. M. Teste, farouche idéaliste, se renferme silencieusement dans sa pensée solitaire et refuse de passer à l'acte, qui diminue et dégrade. Mais Eupalinos construit et fait même admettre à Socrate la upériorité de l'art sur la science pure et simple (peut-être parce qu'il la suppose, et qu'il y ajoute). L'homme complet, ce fut, au XVIe siècle, Léonard de Vinci, héros de la connaissance et grand artiste. On m'approuvera certainement de conclure que, de nos jours, c'est le mathématicien, philosophe et poète Paul Valéry.

XIII

A L'ACADÉMIE

La journée du 19 novembre 1925 restera l'une des plus mémorables dans les fastes académiques et fournira un chapitre particulièrement brillant aux futurs continuateurs des Pellisson, des d'Olivet et des Frédéric Masson. L'élection de M. Paul Valéry est un événement des plus heureux, pour lequel les amoureux de poésie auraient volontiers illuminé ; mais aussi des plus exceptionnels dans l'histoire de l'illustre Compagnie, chez qui la haute littérature n'est pas chaque fois à pareille fête. Après tel ou tel choix particulièrement fâcheux, elle avait besoin de reconquérir la sympathie des lettrés et de se réhabiliter devant l'opinion. Certains ironistes insinueront même que cette élection du 19 novembre était plus importante pour elle que pour l'élu. N'hésitons pas à reconnaître que cette belle victoire a aussi une importance pour M. Paul Valéry. Nous la mesurerons d'un mot en remarquant que c'est un désastre pour M. Clément Vautel.

Notre spirituel confrère passe sa mauvaise humeur sur Mallarmé et sur le critique du *Temps*. De l'élection Valéry, il ne dit rien : quoi de plus significatif que ce silence prudent ? Paul Valéry personnifiait éminemment, pour M. Clément Vautel, une poésie inintelligible et saugrenue, simple bluff lancé par le snobisme de quelques critiques, esthètes et caillettes « évaltonées », comme parlait Jean Lorrain. Le chroniqueur quotidien du *Journal* avait probablement fini par en persuader une notable partie de sa vaste clientèle. Mais lui fera-t-il croire que la majorité de l'Académie se compose également de misérables snobs se donnant le ridicule d'admirer sans comprendre ? Le croira-t-il lui-même ? Le cas doit singulièrement l'embarrasser, car il a le respect des institutions établies. Il devait considérer l'Académie comme le dernier refuge des idées qu'il juge saines et du bon sens tel qu'il le conçoit. Il apparaît que l'Académie se permet à l'occasion de le concevoir autrement. La déconvenue de M. Clément Vautel nous amuse. Ce qui est plus précieux, c'est que ce vote académique mettra fin aux doutes d'honnêtes gens qui n'ont pas ses préventions, mais qui de bonne foi hésitaient entre ses anathèmes goguenards et les louanges pourtant motivées avec soin des admirateurs de Paul Valéry. Puisque M. Clément Vautel veut bien nous prendre pour tête de Turc, on nous excusera de rappeler qu'à commencer par un feuilleton de juin 1917 sur la *Jeune Parque*, qui venait de paraître et marquait la rentrée de l'auteur dans la vie littéraire après une longue retraite, nous avons salué de commentaires enthousiastes et réfléchis chacun des ouvrages de Valéry, de qui nous disions en 1922, à propos de *Charmes* : « Voici qu'après sa lente veillée des armes, M. Paul Valéry est porté presque soudainement au premier rang de la littérature actuelle. Il a conquis l'admiration de tous ceux qui aiment la poésie et la pensée, chez lui, comme il sied, inséparables. » Et en 1923, à propos d'*Eupalinos*, nous lui décernions le titre de « prince de l'esprit ». Certains lecteurs, peut-être un temps indécis, inclineront plus facilement désormais à convenir que ce n'était pas M. Clément Vautel qui avait raison.

Assurément, Valéry pouvait à la rigueur se passer de l'Académie, comme Baudelaire, Verlaine, Moréas et Mallarmé. Mais puisque Racine et La Fontaine, Hugo et Lamartine, Vigny et Musset en ont été, mieux vaut qu'il en soit aussi. Son maître Mallarmé n'avait aucun préjugé contre l'Académie et s'en faisait même une idée très haute, ainsi qu'on le peut voir dans le chapitre des *Divagations* intitulé « Sauvegarde » (pages 358 et suivantes). Chose curieuse, Mallarmé écrivait : « Une circonstance peut, concernant le groupe de dignitaires, se produire, qui en rehausse le prestige. » Il songeait à autre chose, mais on pourrait interpréter cette phrase comme l'annonce prophétique du succès de son plus cher disciple. Maître à son tour, Paul Valéry est avant tout un poète, un grand poète. C'est aussi un profond essayiste ; quel poète moderne ne l'a été peu ou prou, depuis Gœthe et Victor Hugo jusqu'à Mallarmé et Moréas ? Entre la poésie et l'essai existent de puissantes affinités, parce que la poésie exprime et chante l'essence, les rapports essentiels des choses et des idées, qu'analyse la critique. L'œuvre de Paul Valéry offre donc une harmonieuse unité, puisqu'il est, comme nous l'écrivions en 1923, « le plus intellectuel des poètes de ce temps, et le plus poète parmi ceux d'aujourd'hui qui pensent ». Réjouissons-nous de son triomphe, pour lui et pour tout ce qu'il représente avec tant d'éclat. « Il est célèbre, et non pas seulement en France, écrivait le *Gaulois*, mais en Europe, et il n'est pas célèbre seulement en Europe, mais à Buenos-Aires comme à San-Francisco, à Calcutta comme au Caire. » Le prestige de l'Académie est grand aussi au dehors ; l'élite intellectuelle des deux mondes n'eût pas compris que Valéry ne fût pas académicien. On reconnaîtra unanimement, chez nous et à l'étranger, que nul n'était plus désigné pour succéder à Anatole France.

XIV

PAUL VALÉRY ET LA CRITIQUE

ENTRETIENS AVEC PAUL VALÉRY PAR FRÉDÉRIC LEFÈVRE

M. Frédéric Lefèvre a entrepris de passer une heure avec chacun des hommes de lettres tant soit peu notables d'aujourd'hui. Cela me rappelle l'anecdote du voyageur indésirable à qui fut signifié un arrêté d'expulsion d'une principauté méditerranéenne, charmante mais peu étendue, et à qui le commissaire de police disait : « Vous avez vingt-quatre heures pour exécuter cet arrêté. — Merci, répondit l'expulsé, mais cinq minutes me suffiront... » Je crois que, dans bien des cas, quelques minutes suffiraient à M. Frédéric Lefèvre pour tirer de ses interviewés ce qu'ils ont d'important à dire. Mais des journées entières semblent trop courtes avec Paul Valéry, dont la conversation tient ses interlocuteurs sous le charme et qui, sur tous sujets, apparaît inépuisable.

De même, les entretiens d'Anatole France, qui s'était pourtant exprimé dans de nombreux ouvrages, ont rempli des volumes, qui ne sont pas tous des commérages d'office, et entre lesquels celui de M. Paul Gsell se distingue par son intérêt sérieux et véridique.

Ce sont des causeries à bâtons rompus que rapporte ici M. Frédéric Lefèvre, mais toutes amusantes, suggestives, et qui certes ne sauraient remplacer la lecture des œuvres poétiques ou théoriques de Valéry, mais qui la compléteront de façon aussi agréable qu'instructive. Parcourons ces pages, dans l'ordre où elles se présentent, et sans essayer d'y introduire plus de rigueur. Il ne s'agit pas d'un cours de Sorbonne, mais d'une libre promenade de l'esprit.

Valéry raconte qu'il rêva d'être officier de marine. Rêve fréquent chez les enfants imaginatifs. Savez-vous ce qui l'en empêcha ? Ce ne fut pas sa « manière de voir », comme ce personnage de Duvert et Lauzanne, qui n'était pas socialiste, mais myope. Ce fut au contraire sa manière de ne rien voir dans les mathématiques. Il s'est bien rattrapé depuis, et voilà qui peut réconforter les débutants un peu noyés d'abord. Mais c'est curieux. Valéry maintient qu'il avait raison alors de ne rien comprendre, et que les mathématiques sont fort mal enseignées dans les collèges. Je le laisserai débattre ce point avec les maîtres compétents, et j'avouerai simplement qu'au même âge, avec les mêmes méthodes, j'avalais l'algèbre et la géométrie élémentaires comme du petit-lait. C'était peut-être mauvais signe.

Valéry n'aime pas les « disputes littéraires ». Il dit : « Cela manque de grâce et de résultats. Que voulez-vous de moins ? » Bon pour la politique ! Mais (en faisant une réserve pour les critiques de profession) il s'étonne toujours de voir un écrivain écrire contre un autre écrivain, un poète ou un romancier attaquer un autre poète ou un autre romancier... Il n'a pas tort. Cela manque de grâce, en effet, et surtout d'autorité. La haine d'un sot livre est pourtant un sentiment louable, et il y a des exécutions nécessaires. Mais il y faut une impartialité qui ne se trouve guère que chez des critiques professionnels, et leur permet aussi d'admirer à fond lorsqu'il y a lieu. Le rival sera toujours suspect, et tel livre de poète hostile à Valéry — *malevoli veteris poetae* — n'était que ridicule.

Valéry évoque le souvenir de Pierre Louys, qui fut pour lui l'ami le plus sûr et le plus utile — celui qui le poussait à travailler. Il l'avait rencontré pour la première fois aux fêtes du sixième centenaire de l'université de Montpellier. De quoi parlèrent ces deux jeunes gens de vingt ans qui se rencontraient pour la première fois ? De Victor Hugo, de Baudelaire, de Verlaine, de Wagner. Ils ne pouvaient que se lier pour la vie. Ce fut Pierre Louys qui conduisit Valéry chez Mallarmé, qui publia ses premiers vers dans la *Conque*, qui l'encouragea, un quart de siècle plus tard, après sa longue retraite, à écrire la *Jeune Parque*. C'est un des jolis épisodes de la carrière de ce parfait artiste uniquement dévoué aux lettres.

D'un vieil article de Charles Vignier sur « l'épithète subjective », Valéry dit plaisamment : « Cet article me fit beaucoup songer (il avait seize ou dix-sept ans). Je ne sais plus ce qu'il disait, mais ce qu'il disait me donna la sensation d'apprendre quelque chose de précis, et j'ai gardé souvenir de cette sensation qui est si rare dans le domaine des lettres. » Surtout dans celui des lettres actuelles, me permettrai-je d'ajouter. Cette sensation, Voltaire l'a donnée à Valéry « une fois ». Il veut dire sans doute une fois entre autres. Voltaire « a écrit sur la poésie une phrase simple et profonde... » Il ne dit pas laquelle, et M. Frédéric Lefèvre non plus. C'est probablement celle-ci, que j'ai souvent eu l'occasion de citer : « La poésie est la musique de l'âme. »

Et voici Huysmans, qui attirait les êtres les plus étranges, par affinité naturelle. Il reçut un jour la visite d'un touriste en complet de cycliste et casquette à carreaux, qui se présenta comme archevêque de Colombo. Interdit et excommunié, mais ayant conservé ses pouvoirs spirituels, — car les sacrements sont indélébiles, — il gagnait sa vie en ordonnant, moyennant finances, des prêtres pour amateurs de messes noires avec hosties réellement consacrées... Voici Degas, qui avait la poésie pour violon d'Ingres et qui a écrit quelques sonnets assez beaux, mais avec une peine énorme. Un jour qu'il n'en sortait pas, il dit avec une fureur naïve à Mallarmé : « Et pourtant, ce ne sont pas les idées qui me manquent ! — Mais, Degas, répondit Mallarmé, ce n'est pas avec des idées qu'on fait des vers, c'est avec des mots. » De même qu'on peint avec des lignes et des couleurs... Maître de la technique picturale, Degas oubliait qu'il y en a une, qu'il faut apprendre, dans tous les arts. C'est seulement lorsqu'on la possède bien qu'on peut exprimer ses idées...

Et voici Heredia, très bienveillant aux jeunes, qui dans une bonne intention reprochait à Valéry ce qu'il appelait sa paresse, et voulut le donner pour secrétaire à Brunetière. On est tenté de regretter que ce projet n'ait pas abouti, en songeant aux scènes savoureuses que la rencontre eût pu fournir à cette comédie intellectuelle, prisée plus haut par Valéry que la comédie humaine et même que la divine comédie (qui n'en est qu'une province). Quels piquants souvenirs il pourrait aujourd'hui nous conter sur l'auteur des *Chemins de la croyance* et des *Discours de combat* ! Sans compter que cela l'eût fait connaître à la *Revue des Deux Mondes*, qui l'a obstinément ignoré et ne le considère encore que comme un succédané de Jean Aicard... Il avoue ne travailler guère que sur commande. Et il accepte les conditions les plus ébouriffantes. Ainsi *Eupalinos* lui fut commandé par la revue *Architecture*, qui fixa le nombre de lettres (115,800) que devait avoir son essai. Valéry sait se borner, et Boileau lui-même aurait reconnu qu'il sait écrire.

Pour le surplus, sa paresse, « oisiveté, mais pleine de pouvoir », tenait à des dispositions que Heredia ne soupçonnait point. La littérature ne satisfaisait pas son esprit de ce moment-là, qui était l'esprit de la *Soirée avec M. Teste*. Intelligence supérieure, homme de génie peut-être, mais replié sur lui-même, vivant dans ses pensées et dédaignant de produire parce que toute production est nécessairement imparfaite et lui paraît une déchéance, M. Teste est Valéry lui-même, ou du moins un moment de Valéry fixé dans une formule et poussé à la limite géométrique. M. Teste demeure enfermé dans sa cellule d'anachorète intellectuel, purement contemplatif. Après vingt ans de studieuse solitude, Valéry a fait heureusement sa rentrée Consciemment ou non, il n'avait accompli, en somme, qu'une longue veillée des armes. Et M. Teste en personne renoncerait sans doute à son mutisme farouche, s'il se découvrait le même don d'écrire en vers. Entre tous les genres littéraires, la poésie comporte le moins de concessions au goût profane et peut le plus approcher de la perfection.

La *Jeune Parque* est, d'après M. Albert Thibaudet, qui exagère peut-être un peu, le poème le plus obscur de la langue française. Accordons qu'il n'est pas d'une lecture immédiatement aisée. L'obscurité est d'abord ce que M. Paul Bourget appelle un bâton de longueur, une défense contre le vulgaire, une assurance de n'être compris que par ceux dont on souhaite le suffrage. Valéry signale d'autre causes d'obscurité, quand elle n'est pas voulue. D'abord, la difficulté même de certains sujets, et il arrive dans ce cas que plus l'écrivain vise à la précision, plus il se fait dur à lire. Ajoutez les conditions qu'il s'impose. Plus ses ambitions sont hautes, plus l'œuvre devient complexe et ardue. On saisit mieux à première audition une chansonnette qu'une symphonie. Le style plat est plus accessible qu'un art savant, et l'on se fatigue davantage à gravir une montagne inexplorée qu'à circuler sur un trottoir.

« J'ai eu le malheur d'écrire, en cette préface (à la *Connaissance de la déesse* de M. Lucien Fabre), les mots de *poésie pure* qui ont fait une sorte de fortune. Il est curieux de voir une expression assez négligemment jetée prendre une étonnante valeur en allant de bouche en bouche. Ce que l'on avait écrit comme expression conventionnelle semble désigner une réalité en soi que les uns et les autres s'ingénient à définir. » La poésie pure n'était pour Valéry qu'une limite à laquelle on peut tendre par suppression progressive des éléments prosaïques, notions de fait, anecdote, moralité, bref de tout ce qui peut être dit en prose sans le concours nécessaire du chant. C'est un peu l'analogue de la mélodie continue selon Wagner, laquelle, d'ailleurs, ne saurait être obtenue pleinement que dans l'orchestre. La poésie ne dispose pas de cette puissante ressource. Il est vrai qu'elle a d'autres avantages, surtout dans le domaine de la pensée, que Valéry n'a jamais consenti à sacrifier, et il s'en est assez catégoriquement expliqué au même endroit.

Or, en lisant la longue préface où M. Henri Bremond reproduit des parties de ses innombrables *Eclaircissements*, qui auraient eux-mêmes grand besoin d'être éclaircis, j'avais été frappé par le tour d'esprit scolastique de cet apôtre du mysticisme et de cet ennemi des concepts. La phrase de Valéry que je viens de citer confirme cette impression. La poésie pure était pour lui une conception gratuite, une hypothèse, un idéal. M. l'abbé Bremond l'a prise pour une « réalité en soi », comme on faisait au temps des universaux. Valéry est nominaliste. M. Bremond est réaliste : c'était bien la peine de tant batailler contre les nouveaux disciples de Thomas d'Aquin ! Aussi chimérique que les néo-thomistes, il ne s'en distingue que par l'inaptitude à suivre un raisonnement et la propension à se contredire d'un « éclaircissement » ou même d'une phrase à l'autre. Il sera piquant, un de ces jours, de relever ses contradictions, quand il aura vraiment fini, s'il en finit jamais.

Pour aujourd'hui, je note qu'il avoue enfin son désaccord fondamental avec Paul Valéry, dont il invoquait naguère le témoignage, ainsi que, tout aussi justement, ceux de Baudelaire, de Mallarmé et d'Edgar Poe. Valéry adore ce que lui, Bremond appelle « l'impur », c'est-à-dire les idées, la précision, la netteté. M. Bremond n'aime que le vague et les mots « vides de sens », où son « fluide mystérieux » passe beaucoup plus à l'aise. « Je ne crois pas, dit-il de Valéry, qu'on puisse imaginer d'opposition plus tragique, ni en apparence plus irréductible, entre un vrai poète et la poésie. Du fond de l'abîme où il vient, sous nos yeux, de rouler avec son ami M. Teste, qui le sauvera ? » Comme disait Capus, ils ne sont séparés que par un abîme. Et M. Bremond jette l'anathème à la « gageure impie » de Valéry, à ses « bacchanales intellectualistes »... Allons ! sur Valéry du moins, nous voilà d'accord, et les positions sont enfin nettes, — jusqu'au prochain démenti que M. Bremond pourra s'infliger. S'il considère la moindre discussion de ses théories comme une injure personnelle, c'est sans doute qu'il entend se charger de les détruire lui-même. Mais il se réserve toujours de n'en pas convenir. Le malheur est que ses textes successifs ne disparaissent pas au fur et à mesure de ses volte-face... Pour une « parabole » assez banale et inexacte sur l'esprit et l'âme, ou *Animus et Anima* (si tant est qu'*Animus* ait bien ce sens), Paul Claudel devient « notre Platon » suivant M. Bremond, qui se fait évidemment une drôle d'idée du platonisme et ne semble pas se douter que ce grand homme était un philosophe intellectualiste. Il s'en avisera peut-être un jour, comme de son dissentiment irrémédiable avec Paul Valéry.

Revenons aux « Entretiens ». Valéry déclare qu'il admire beaucoup M. Bergson, mais qu'il ne se sent nullement bergsonien, quoi qu'en ait dit M. Thibaudet, à qui j'avais contesté ce prétendu bergsonisme. Revenant sur Pascal, Valéry maintient ses griefs contre son apologétique hasardeuse et ses bizarreries d'ennemi du genre humain. Son génie n'est pas en cause, mais combien Descartes lui est supérieur, le grand Descartes, « qui anime toute la recherche scientifique par l'admirable conception de l'univers quantitatif », de qui procèdent toute la science, toute la pensée moderne, « toutes les magnifiques constructions analytiques qui ont été édifiées depuis le dix-septième siècle et qui, par l'immensité des objets qu'elles comprennent, la netteté des relations qui y sont inscrites, le raccourci prodigieux de faits, d'expériences, de résultats, de lois qu'elles supposent, constituent peut-être les œuvres les plus extraordinaires de l'homme ». Rien n'eût été fait de tout cela, si l'on avait écouté Pascal, qui ne voulait pas qu'on approfondît Descartes, ni Copernic... Dans une autre conversation, Valéry montre les affinités profondes de l'art et de la science. C'est la base et, pour ainsi dire, le tuf de l'intellectualisme radical. Il y a des pages analogues dans Taine.

Valéry dit aussi quelques mots du romantisme, du symbolisme (qui en dérive), et même des gens du monde. Sur le romantisme, il affirme surtout la multiplicité des points de vue possibles. Il condamne un certain dédain de l'esprit scientifique, qui n'est nullement l'essence du romantisme, tant s'en faut, mais l'erreur et la dégénérescence des mauvais romantiques, de ceux qui ont tout l'amour de M. Henri Bremond. Valéry ne nie pas que le romantisme n'ait rendu des services. Je rappelle que le principal est de nous avoir permis d'admirer à la fois le Parthénon et les cathédrales, Raphaël et Rembrandt, Phidias et Michel-Ange, Racine et Shakespeare...

M. Frédéric Lefèvre a fait suivre ces entretiens de commentaires personnels sur l'œuvre de Valéry et mêmes d'essais d'exégèse. En dépit de son préfacier, M. Frédéric Lefèvre rend toute justice à l'élément rationnel, capital dans cette œuvre et dans toute grande poésie, qui est « contemplation de l'ordre éternel et des pures idées ». C'est ce que M. Bremond appelle un « épais rationalisme ». J'aurais quelques observations de détail à présenter. Mais en général, ces commentaires et cette exégèse de M. Frédéric Lefèvre sont justes et apporteront une aide précieuse à bien des lecteurs. Je vous recommande particulièrement le chapitre sur *Narcisse*.

XV

SULLY PRUDHOMME ET VALÉRY

Nous n'avons pu lire sans une espèce d'horreur, dans *Candide*, un article de M. Ernest Tisserand, intitulé *De Sully Prudhomme à Paul Valéry*. Comment un écrivain de bonne foi, et fort judicieux quand il parle de ce qu'il connaît, peut-il écrire de pareilles choses ? Comment peuvent-elles paraître dans un journal littéraire ? Il est vrai qu'un autre journal littéraire, le *Gil Blas*, très réputé à l'époque, enterra M. Taine en cinquante lignes de troisième page... M. Ernest Tisserand commence par prétendre que Sully Prudhomme, qu'il appelle « le bonhomme », était, il n'y a pas si longtemps, « universellement considéré comme un des plus grands poètes de notre langue ». C'est pour lui une de ces nombreuses erreurs dont bénéficièrent des poètes médiocres et surfaits tels que l'abbé Delille, Alexandre Soumet, Ponsard, Népomucène Lemercier, etc... M. Ernest Tisserand se souvient d'avoir connu la gloire de Sully Prudhomme, « gloire que ne lui disputaient même pas les petites revues ». Et rien n'a manqué à l'auteur de la *Justice*, ni le suffrage de l'étranger, ni les honneurs académiques et autres, ni les plus belles amitiés, par exemple « celle de Gaston Paris, ce grand esprit, qui lui consacra dès 1895 une étude remarquable ». M. Ernest Tisserand est mal informé sur des points essentiels. Cette gloire de Sully Prudhomme n'est pas niable, en ce sens qu'il fut en effet de l'Académie, qu'il obtint le prix Nobel, et qu'il eut de nombreux admirateurs. Le plus coupable est certainement Jules Lemaître, qui terminait son panégyrique des *Contemporains* en célébrant avec une sorte de pieux enthousiasme « le précieux élixir que M. Sully Prudhomme enferme en des vases d'or pur, d'une perfection serrée et concise. Par la sensibilité réfléchie, ajoutait-il, par la pensée émue, par la forme très savante et très sincère, il pourrait bien être le plus grand poète de la génération présente ». C'est énorme, si l'on songe qu'à cette génération appartenaient Verlaine et Mallarmé. Jules Lemaitre n'entendait rien à la poésie, et devait le prouver encore par ses diatribes contre Victor Hugo.

Mais Gaston Paris, grand esprit sans doute dans sa partie, la philologie romane, devenait un esprit fort ordinaire lorsqu'il sortait de sa spécialité, et son étude sur Sully Prudhomme est sans intérêt. Quant aux « petites revues », M. Ernest Tisserand se trompe du tout au tout. A peine au sortir du lycée, il y a plus de trente-cinq ans, nous vivions dans le milieu symboliste, et nous pouvons affirmer à M. Ernest Tisserand que Baudelaire, Verlaine et Mallarmé en étaient les dieux, mais qu'on n'y faisait aucun cas de Sully Prudhomme. Notre maître Moréas ne l'a jamais pris au sérieux, ni rangé parmi les poètes du siècle. Charles Morice lui demandait : « Si vous étiez un poète ?... », etc. L'école romane s'accordait avec les symbolistes sur Sully Prudhomme, que les vrais connaisseurs n'ont jamais placé bien haut. D'ailleurs, il n'est pas entièrement méprisable. C'est un homme de troisième ordre. Ses vers sont, en somme, d'un prosateur. Mais il ne manquait pas d'idées, ni de savoir, ni de hauteur d'âme, et il y a de touchantes élégies dans les *Solitudes* et les *Vaines tendresses*.

Quel rapport avec Valéry ? Car tout ce préambule n'a pour but que d'assimiler Valéry à Sully Prudhomme, et de présenter la renommée de l'auteur de *Charmes* comme aussi excessive et fragile que celle de cet aîné. C'est de la folie. Sully Prudhomme n'a fait que de la prose rimée. Valéry, c'est la poésie même, la plus raffinée et la plus enchanteresse. Aucune analogie non plus entre les honnêtes vulgarisations philosophiques de Sully Prudhomme, et la pensée si profonde, si originale, de Valéry, dans ses poèmes et dans ses essais. M. Ernest Tisserand soutient que chacun d'eux suit en philosophie la mode de son temps. C'est exact pour Sully, vague disciple de Taine. C'est faux pour Valéry, dont le puissant et intrépide intellectualisme se réclame de Léonard de Vinci et de Descartes, n'hésite même pas à combattre Pascal, s'oppose nettement au bergsonisme et aux théories plus ou moins dérivées de Bergson, qui possèdent aujourd'hui la vogue. M. Ernest Tisserand l'accuse de se donner pour l'inventeur de la poésie pure, et mentionne que M. Jean Royère avait employé ce terme avant lui. C'est possible, mais Valéry se donne lui-même (trop modestement) pour un continuateur de Mallarmé et d'Edgar Poe. Or, Edgar Poe avait parlé avant tous ceux-là de poésie pure, dans un sens d'ailleurs raisonnable et très différent de celui qu'adopte M. l'abbé Bremond... Plaignons la littérature, et notamment la poésie, livrée aux incompétences ! On avoue qu'on ne se connaît pas en musique : on n'avoue pas l'incompréhension de la poésie. La surdité poétique est pourtant au moins aussi répandue que la surdité musicale, signalée par Berlioz.

XVI

UNE TRADUCTION

Je ne puis que signaler la traduction anglaise qu'a faite M. Ronald Davis, et qui me paraît excellente, de la *Soirée avec M. Teste*, cet opuscule si original de M. Paul Valéry, paru en 1896 dans le *Centaure*. Je vous en ai entretenus à propos d'une nouvelle édition du texte français, laquelle est d'ailleurs épuisée. On devrait bien le rééditer, en y joignant la préface, pleine de vues ingénieuses et profondes, que M. Paul Valéry a écrite pour la traduction de M. Ronald Davis, et aussi cette spirituelle *Lettre de Madame Emilie Teste*, qu'il a publiée dans le second numéro de *Commerce*, et dont je vous ai également parlé [1]. Je me borne à remarquer aujourd'hui que la présente traduction anglaise avait

1. Tout le cycle de M. Teste a été réuni en un volume. Voir le chapitre suivant.

été précédée d'une autre ; qu'on a traduit aussi plusieurs poèmes de M. Paul Valéry en anglais, en allemand, et dans d'autres langues ; qu'il est actuellement au moins aussi admiré à l'étranger qu'en France, et l'un des écrivains qui maintiennent le plus efficacement le prestige de notre littérature chez les connaisseurs du monde entier.

XVII

AUTRE SOIRÉE AVEC M. TESTE

J'ai passé, moi aussi, une excellente soirée avec M. Teste, et il ne tient qu'à vous d'en faire autant. Il vous suffit de lire, ou de relire, les cinq morceaux de Paul Valéry qui composent ce cycle fameux, et qui viennent d'être réunis en un volume de la collection l'*Intelligence*, avec une bio-bibliographie par M. René Lalou. C'est à savoir la *Préface* pour la traduction anglaise de M. Ronald Davis, la *Soirée*, la *Lettre d'un ami*, la *Lettre de Mme Emilie Teste* et les *Extraits du Log-Book*. On passe ainsi deux ou trois heures tête à tête avec ce mystérieux personnage qui, d'ailleurs, ne serait peut-être pas ravi qu'on pénétrât ainsi dans son intimité, s'il le savait. En tout cas, sa présence réelle ne vous donnerait rien de plus, bien que ce grand contempteur de toute réalisation attache assez peu d'importance à celle-là. Évidemment, elle ne compte pas pour lui.

Ce n'est pas seulement qu'il ait consenti à causer

et à se lier avec Paul Valéry, pour qui il pouvait faire une exception, et qui, d'ailleurs, a été pendant une vingtaine d'années un autre lui-même. Il ne se dérobe corporellement aux yeux de personne. Lorsque Paul Valéry l'a connu d'abord, il gagnait sa vie à la Bourse, mangeait au restaurant, allait à l'Opéra et au café, bref, menait l'existence la plus normale et la plus commune. Il se fixa ensuite à Montpellier, où il fréquentait le Jardin botanique aux heures d'affluence, et il se maria, ce qui nous a valu la délicieuse *Lettre de Mme Emilie Teste*, par où l'institution du mariage est suffisamment justifiée. En apparence, M. Teste est un homme tout à fait comme tout le monde, et si vous le rencontriez dans la rue, vous ne le remarqueriez pas. C'est déjà un de ses traits remarquables.

En fait, il diffère beaucoup plus d'un homme ordinaire que l'anachorète de Thébaïde ou le cénobite attaché à n'importe quelle Chartreuse. Mais il estime que l'habit ne fait pas le moine. Il s'habille en civil, bien qu'il ait fondé à son usage strictement personnel le plus contemplatif des ordres, et le plus cloîtré. Mais son cloître idéal se déplace avec lui ; ce grand solitaire se crée à lui-même sa solitude ; tout lui est désert, et il n'a pas besoin du Tarnhelm tétralogique pour se rendre invisible. Car cet intellectualiste ne s'intéresse qu'à sa pensée, son crâne est le seul mur derrière lequel il se passe pour lui quelque chose d'appréciable, et c'est tout au plus s'il en laissera filtrer quelques lueurs pour un Paul Valéry, avec la ferme résolution de le maintenir jalousement clos pour le reste de l'humanité.

Valéry, seul un peu informé, nous affirme que M. Teste est un homme de génie, qui aurait pu devenir un grand homme reconnu pour tel, s'il l'eût daigné. Mais c'eût été se faire l'esclave et le flatteur des foules. Et puis, c'est trop facile. Du moins, bien entendu, quand on est doué pour cela. Tout ce qu'on est capable d'accomplir est, par cela même, d'une facilité dégoûtante. Il n'y a de tentant que le douteux, le surhumain, et de pleinement satisfaisant que l'impossible. Toute réalité est, par définition, méprisable. Dans l'*Ebauche d'un Serpent*, qui pourrait être de M. Teste, s'il condescendait à être un instant poète par désœuvrement, nous voyons que la création fut une erreur du Créateur las de son pur spectacle, et ne pouvait être qu'une chute.

Le pur spectacle suffit à M. Teste, et il se gardera sagement de rien créer, parce que même ce qu'on appelle chef-d'œuvre n'est, d'après lui, qu'un grossier épaississement et une diminution de l'idée. Cet idéaliste absolu considère que la pire des tares, c'est l'existence.

C'est pourquoi il va droit à la limite géométrique

de l'ésotérisme, qu'on a toujours connu, mais qu'il a souverainement dépassé d'un prodigieux saut en hauteur. Le premier degré d'ésotérisme, et le plus humble, c'est celui du mondain, de l'homme bien élevé, à qui sa bonne éducation interdit le bruit et le geste et ne permet guère de formuler une opinion quelconque, ce qui ne le gêne pas beaucoup, attendu que généralement il n'en a sur rien. Naturellement, M. Teste, lui aussi, a « tué la marionnette », mais il ne s'en est pas tenu là, et il a eu plus de mérite. Il n'a pas été obligé de se retirer du monde pour s'en abstraire. Il le coudoye, mais ne communique pas avec lui. Il n'admet pas les demi-mesures, les sanctuaires d'initiés, les Saïs ou les Eleusis, ni les cénacles, les symbolismes et les tirages restreints. Un Mallarmé n'est qu'un bavard et un industriel en comparaison de M. Teste. L'hermétisme radical, c'est le silence. Pourquoi n'y aurait-il pas des génies muets, puisqu'il y en a de franchement bègues, et que d'après un idéal peut-être excessif, il n'est pas sûr qu'il y en ait de parfaits ?

M. Teste a aussi franchi l'étape qu'indiquait un mot de Moréas sur un de ses amis : « Il n'a pas le temps de lire, il écrit tout le temps. » Un testisme mitigé, relativement fréquent, consiste à prendre le contre-pied de cette manie, et à ne point écrire pour se consacrer aux lectures et aux thésaurisations intellectuelles. Qui veut tout connaître n'a guère de loisir pour faire une œuvre. Les écrivains féconds sont souvent ignorants, les grands artistes et les grands savants soupçonnent à peine ce qui n'entre pas dans leur science ou leur art. Un Pasteur reste en philosophie un enfant. Des musiciens ne savent lire et écrire que sur papier rayé. Penser et produire sont deux, et aucun des deux n'implique l'autre. Mais M. Teste ne lit pas non plus. Il a lu, sans doute, mais se fie désormais à son excellente mémoire. Chez lui, il n'y a pas de livres. Les ayant jugés, il les domine, et ne se passionne plus que pour scruter directement les lois de l'esprit. Descartes était à peu près ainsi, mais il a rédigé le *Discours de la méthode*. « Faute éclatante ! » dira M. Teste.

Cependant, lui objecterez-vous le progrès de l'intelligence, de la civilisation ? M. Teste croit avoir le droit d'y rester indifférent, comme un ascète. Ce grand orgueilleux, peut-être modeste à sa façon, ne se regarde pas comme nécessaire. D'ailleurs, de tout cela, suivant un trait fameux, il ne voit pas la nécessité. C'est un Sphinx qui ne pose même pas d'énigme, et vous laisse passer bien tranquillement votre chemin. Ennemi de l'humanité ? Non. Encore moins misanthrope indigné et réformateur. Il ne s'occupe pas de ces choses, pour lui insignifiantes et vaines.

Il ne désire pas de tout comprendre, au sens où

l'entend un esprit critique et un dilettante, mais de comprendre l'essentiel, l'unique. C'est un Eléate, un Zénon qui se tairait, un Parménide qui aurait tout au plus accepté de causer avec Socrate ou Platon, mais beaucoup moins longuement, et qui aurait peut-être gardé rancune à l'auteur de l'immortel dialogue. Si Valéry rencontre M. Teste, il pourrait bien en recevoir d'amers reproches.

Génie incommunicable ! dit Mme Emilie Teste. Tous les génies le sont jusqu'à un certain point, puisqu'on discute leurs intentions et qu'on n'est pas d'accord sur leur pensée, quoiqu'ils l'aient exprimée de leur mieux. Donc, aura pensé M. Teste, à quoi bon essayer ?

Mais, insinueront les sceptiques, est-ce bien certain que ce Teste ait du génie ? Où est la preuve, puisqu'il n'a rien fait ? Chacun peut en dire de soi tout autant, et même le croire.

... Comme ma lecture du volume m'avait un peu congestionné, je pris une cuillerée de chloral pour m'endormir, et dans les premières vapeurs du sommeil prochain, M. Teste m'apparut :

— Vous voyez bien, me dit-il, qu'à la différence des hommes d'action et des producteurs, je suis un bienfaiteur du genre humain, puisque j'autorise chez les pires ratés une illusion si consolante.

Oui, me dis-je, mais à condition qu'ils s'abstiennent complètement d'écrire, puisqu'ils se trahiraient. Le testisme généralisé raréfierait bien avantageusement la production courante.

Je m'endormis dans un sentiment de profonde amitié pour M. Teste et pour ce non-être malheureusement provisoire que la nuit nous procure sans drogue, quand on n'a pas trop lu, ni trop pensé par nos moyens chétifs. C'est un avant-goût de l'absolu, auquel aspire M. Teste, que sa propre pensée ne laisse pas d'importuner sans doute comme trop consciente, trop réelle encore, et dans lequel s'intégrera un jour la pensée définitivement pure.

TABLE DES MATIÈRES

ACHEVÉ D'IMPRIMER
LE 7 JUILLET 1927
POUR
SIMON KRA
SUR LES PRESSES
DE
F. PAILLART A ABBEVILLE.

www.ingramcontent.com/pod-product-compliance
Lightning Source LLC
LaVergne TN
LVHW020315230826
846091LV00003B/680

9782329225586